Über dieses Buch

»Fürst der Lyrik« nannte ihn sein Freund und Bewunderer Lope de Vega, und für García Lorca war er der »interessanteste Dichter Spaniens«: Francisco de Quevedo y Villegas (1580–1645), der die großen Umwälzungen seiner Epoche aus nächster Nähe erlebte, hat es wie kein anderer verstanden, mit seinen Gedichten das barocke Lebensgefühl Spaniens in all seinen Facetten einzufangen. In ihnen mißt ein Dichter die höchst jämmerliche und zugleich farbige Wirklichkeit an seinen Träumen – eine Konstellation, die Quevedo zu einem der größten Satiriker der Weltliteratur werden ließ: Ironisch, oft deftig, bei aller Menschenfreundlichkeit geradezu ätzend ist der Tenor seines Gesangs. Nicht zufällig ist er – neben Cervantes – der populärste spanische Dichter des 17. Jahrhunderts, an dessen epigrammatischem Wortwitz der Leser sich auch heute noch ergötzen wird.
Die vorliegende Ausgabe ist zweisprachig; Wilhelm Muster besorgte nicht nur die Auswahl und die kongeniale Übertragung, sondern er stellt darüber hinaus in einem profunden Nachwort den Dichter als bedeutendsten Vertreter des ›Conceptismo‹ vor. Zwölf Federzeichnungen von Hans Fronius illustrieren die Gedichte.

Literatur · Philosophie · Wissenschaft

Klett-Cotta im dtv

Francisco de Quevedo

Gedichte

spanisch und deutsch

Übertragung und Nachwort
von Wilhelm Muster

Mit 12 Illustrationen
von Hans Fronius

Deutscher Taschenbuch Verlag

Aus dem Spanischen übertragen und
mit einem Nachwort von Wilhelm Muster.
Mit 12 Illustrationen von Hans Fronius.

Mai 1986
Deutscher Taschenbuch Verlag GmbH & Co. KG, München

Umschlaggestaltung: Celestino Piatti unter Verwendung einer
Illustration von Hans Fronius
Gesamtherstellung: C. H. Beck'sche Buchdruckerei, Nördlingen
Printed in Germany · ISBN 3-423-02174-8

Spanischer
Parnass

OCTAVAS GLOSANDO

que todo tiene fin, si no es mi pena.

Yo vi todas las galas del verano
y engastadas las perlas del aurora
en el oro del sol sobre este llano;
vi de esmeralda el campo; mas agora
la blanca nieve del invierno cano
de todo le desnuda y le desdora.
Todo lo acaba el tiempo y lo enajena:
que todo tiene fin, si no es mi pena.

Yo vi presa del yelo la corriente
que, en líquidos cristales, derretida,
despide alegre la parlera fuente;
de nubes pardas y de horror vestida,
vi la cara del sol resplandeciente;
la mar, que agora temo embravecida,
vi mansa en otro tiempo, vi serena:
que todo tiene fin, si no es mi pena.

De verdes hojas, lenguas vi que hacía,
por murmurar un rato, el manso viento,
de mi Tirsis cruel la tiranía;
mas el invierno enmudeció su acento.
De lazos de oro el cielo ciñó el día;
vino tras él con tardo movimiento
la muda noche, de tinieblas llena:
que todo tiene fin, si no es mi pena.

OKTAVEN ALS GLOSSE

... denn alles hat ein Ende – nicht mein Leid.

Ich sah den Sommer voller Schönheit stehen;
der Morgenröte Perlen eingefaßt
mit Sonnengold in allem Prunk aufgehen;
smaragden lag das weite Land; der Glast
ist fort, des Winters weiße Flocken wehen,
der Sommer ist entblößt, das Gold verblaßt,
und alles endet und enteignet Zeit:
denn alles hat ein Ende – nicht mein Leid.

Vom starren Eis gefangen sah ich Wellen,
die sonst in flüssigen Kristallen schossen,
fröhlich entsandt von den geschwätzigen Quellen;
wie dunkle Wolken, Grauen auch, umflossen
der Sonne Angesicht und ihre Helle.
Jetzt tobt das Meer; Angst ist mir aufgeschossen,
sah ich es friedlich doch zu andrer Zeit:
denn alles hat ein Ende – nicht mein Leid.

Ich sah: der Wind verwandelte in Zungen
die Blätter, die so grünen Flammen glichen,
er flüsterte von Tirsis, die bezwungen
durch ihre Härte mich, die nie gewichen.
Der Winter ließ des Windes Laut verstummen.
Der Tag war golden eingesäumt verstrichen,
die Nacht kam zögernd auf, die dunkle Zeit:
denn alles hat ein Ende – nicht mein Leid.

Yacen en esta rica sepoltura
Lidio con su mujer Helvidia Pada,
y por tenerla solo, aunque enterrada,
al cielo agradeció su desventura.

Mandó guardar en esta piedra dura
la que, de blanda, fue tan mal guardada;
y que en memoria suya, dibujada
fuese de aquel perrillo la figura.

Leal el perro que miráis se llama,
pulla de piedra al tálamo inconstante,
ironía de mármol a su fama.

Ladró al ladrón, pero calló al amante;
ansí agradó a su amo y a su ama:
no le pises, que muerde, caminante.

AUF EIN GRABMAL

Helvidia Pada und ihr Lidio haben
in diesem schönen Grabe Ruh gefunden,
und Lidio wird dem Himmel Dank bekunden:
nun hat er sie für sich, wenn auch begraben.

In hartem Stein bleibt sie ihm jetzt erhalten,
die weich und hitzig nicht zu halten war.
Ihr Angedenken sollte nicht erkalten:
Hier liegt der Hund. Er stellt die Treue dar.

Er heißt »Loyal«, den ihr am Fuß hier seht,
ein Witz in Stein aufs vielbegehrte Bett,
und doch vollzog er nur des Paares Wille:

Den Dieb verbellte treulich er, wie's heißt,
bei ihren Buhlern aber schwieg er stille.
Tritt nicht auf ihn, oh Wanderer, er beißt!

CASAMIENTO RIDÍCULO

Trataron de casar a Dorotea
los vecinos con Jorge el extranjero,
de mosca en masa gran sepulturero,
y el que mejor pasteles aporrea.

Ella es verdad que es vieja, pero fea,
docta en endurecer pelo y sombrero;
faltó el ajuar, y no sobró dinero,
mas trújole tres dientes de librea.

Porque Jorge después no se alborote
y tabique ventanas y desvanes,
hecho tiesto de cuernos el cogote,

con un guante, dos moños, tres refranes
y seis libras de zarza, llevó en dote
tres hijas, una suegra y dos galanes.

LÄCHERLICHE HEIRAT

Die Freunde wollten Dorotheen gern
dem Jorge, der hier fremd, zum Weibe geben.
Er führte damals noch sein Schleckerleben
und war ein großer Säufer vor dem Herrn.

Sie war zwar häßlich, dafür war sie alt,
im Hörnen Meisterin, das sei gestanden.
Der Brautschatz fehlte, Geld war nicht vorhanden,
doch hat sie mit drei Zähnen noch geprahlt.

Daß Jorge nicht mehr wage aufzumucken,
die Fenster nicht vermaure und die Lucken,
so sie ihn hörnt, bringt sie zur Mitgift dar:

drei Töchter, eine Schwieger, falsches Haar,
zwei Freunde, einen alten Handschuh und
vom besten Hustensirup noch sechs Pfund.

HERMOSA AFEITADA DE DEMONIO

Si vieras que con yeso blanqueaban
las albas azucenas; y las rosas
vieras que, por hacerlas más hermosas,
con asquerosas pringues las untaban;

si vieras que al clavel le embadurnaban
con almagre y mixturas venenosas,
diligencias, sin duda, tan ociosas,
a indignación, dijeras, te obligaban.

Pues lo que tú, mirándolo, dijeras,
quiero, Belisa, que te digas cuando
jalbegas en tu rostro las esferas.

Tu mayo es bote, ingüentes chorreando;
y en esa tez, que brota primaveras,
al sol estás y al cielo estercolando.

ABSCHEULICH GESCHMINKTES FRAUENZIMMER

Wenn man mit Kalk die weißen Lilien tünchte,
und du dies alles sehen könntest, Kind,
wenn man mit ekelhaften Fetten schminkte
die Rosen, damit sie noch schöner sind,

wenn man die Nelken färbte mit Tinkturen
(was überflüssig ist), mit Präparaten,
mit Ocker oder giftigen Mixturen –
du würdest, sagst du mir, in Zorn geraten.

Belisa, sage dir, wenn du die Wangen
dir färbelst und dir tünchst (oh Konterfei!)
das, was dir bei den Blumen aufgegangen!

Aus einem Salbentopfe stammt dein Mai,
und deine Haut, auf der es Frühling ist,
sie stinkt zum Himmel wie ein Haufen Mist!

AL RUISEÑOR

Décima

Flor con voz, volante flor,
silbo alado, voz pintada,
lira de pluma animada
y ramillete cantor;
di, átomo volador,
florido acento de pluma,
bella organizada suma
de lo hermoso y lo süave
¿cómo cabe en sola un ave
cuanto el contrapunto suma?

AN DIE NACHTIGALL

Dezime

Tönende, fliegende Blüte im Hage,
bunte Stimme, flügelnder Hall,
gefiederte Lyra, Federball,
singender Strauß mit süßem Schlage,
fliegendes winziges Teilchen, oh sage,
blühender Federtupfer, erwählt,
lieblich geordnete Summe, gezählt,
alles Sanften und alles Schönen:
Wie kann in *einem* Vogel ertönen,
was die ganze Musik enthält?

AMANTE AGRADECIDO A LAS LISONJAS MENTIROSAS DE UN SUEÑO

Ay, Floralba! Soñé que te . . . ¿ Dirélo ?
Sí, pues que sueño fue: que te gozaba.
¿ Y quién, sino un amante que soñaba,
juntara tanto infierno a tanto cielo ?

Mis llamas con tu nieve y con tu yelo,
cual suele opuestas flechas de su aljaba,
mezclaba Amor, y honesto las mezclaba,
como mi adoración en su desvelo.

Y dije: »Quiera Amor, quiera mi suerte,
que nunca duerma yo, si estoy despierto,
y que si duermo, que jamás despierte«.

Mas desperté del dulce desconcierto;
y vi que estuve vivo con la muerte,
y vi que con la vida estaba muerto.

LIEBHABER, FÜR TRÜGERISCHE TRÄUME DANKBAR

Floralba, ich ... ich träumte ... soll ich lügen?
Ich träumte, daß ich dich im Traum besessen.
Ja, nur ein Liebender, der sich vergessen
im Traume hat, kann Höll' und Himmel fügen.

Doch bist du Eis und Schnee, und mich versehren –
des Gottes Pfeile sind nicht gleich – die Flammen.
Verschiedenes fügt Amor keusch zusammen,
und wachend werde ich dich keusch verehren.

Ich sprach: »Solang der Liebe ich ergeben,
solang will wachend ich nicht Schlaf erwerben,
doch wenn ich schlafe, bleib' es immer Nacht!«

Doch bin ich dann aus süßem Zwist erwacht:
Ich sah mich wieder mit dem Tode leben
und sah mich wieder mit dem Leben sterben.

A LA HERMOSURA QUE SE ECHA A MAL, PRENDADA DE UN CAPÓN

Amaras un ausente, que es firmeza;
o un muerto, que es piedad, cuando faltara
un presente y un vivo que te amara
con jugo y con sazón y con fineza.

¡Miren dónde fue a dar con su belleza
la que al sol con melindre se compara,
sino en todo un capón, a quien la cara
tuerce, por no le ver, Naturaleza!

La tuya es comezón de sarna seca,
que, rascada, se irrita y atribula:
capones nunca hicieron polla clueca.

Tu golosina mal se disimula,
pues, aunque torpe, en la lujuria peca:
mucho capón pecado es de la gula.

AUF EINE SCHÖNE, DIE SICH IN EINEN KAPAUNEN VERLIEBTE

Abwesend wird dein Liebster sein auf immer,
ein Toter wird er sein zu jeder Zeit.
Ihn lieben heißt fürwahr Beständigkeit –
den Mann in vollem Safte kennst du nimmer.

Seht her, wo nun dies Frauenzimmer endet!
Du warst, so glaubtest du, der Welt Erstaunen,
der Sonne Licht, und endest beim Kapaunen,
von dem sich die Natur mit Grausen wendet.

Du hast die trockne Krätze – sie wird jucken.
Je mehr du kratzt, je mehr wird sie dich beißen.
Kapaune, hörst du! machten niemals Glucken.

Du bist genäschig, Kind, gesteh es frei!
Denn deine Sünde kann nicht Unzucht heißen,
nein! viel Kapaun ist eher – Völlerei.

UN CASADO SE RÍE DEL ADÚLTERO QUE LE PAGA EL GOZAR CON SUSTO LO QUE A ÉL LE SOBRA

Dícenme, don Jerónimo, que dices
que me pones los cuernos con Ginesa;
yo digo que me pones casa y mesa;
y en la mesa, capones y perdices.

Yo hallo que me pones los tapices
cuando el calor por el otubre cesa;
por ti mi bolsa, no mi testa, pesa,
aunque con molde de oro me la rices.

Este argumento es fuerte y es agudo:
tú imaginas ponerme cuernos; de obra
yo, porque lo imaginas, te desnudo.

Más cuerno es el que paga que el que cobra;
ergo, aquel que me paga, es el cornudo,
lo que de mi mujer a mí me sobra.

VERHEIRATETER MACHT SICH ÜBER DEN EHEBRECHER LUSTIG

Ich höre, Don Jerónimo, was raunen,
daß du mir mit Ginesa Hörner setzt.
Doch bist du's, der mit Haus und Tisch mich letzt,
ich schwelge in Fasanen und Kapaunen.

Ich sehe Teppiche im Hause hangen,
wenn's im Oktober kühl wird, armer Tropf!
Schwer wird durch dich mein Säckel, nicht mein Kopf,
auch wenn auf ihm die goldnen Hörnlein prangen.

Mir scheint der folgende Beweis geführt:
du glaubst dich auszuziehn, du bist verliebt,
doch ziehe ich dich aus, du mußt es leiden.

Das größere Rindvieh ist nicht, wer kassiert
für das, was mir Ginesa reichlich gibt:
Wer zahlt, ist der Gehörnte von uns beiden!

PRONUNCIA CON SUS NOMBRES LOS TRASTOS Y MISERIAS DE LA VIDA

La vida empieza en lágrimas y caca,
luego viene la mu, con mama y coco,
síguense las viruelas, baba y moco,
y luego llega el trompo y la matraca.

En creciendo, la amiga y la sonsaca:
con ella embiste el apetito loco;
en subiendo a mancebo, todo es poco,
y después la intención peca en bellaca.

Llega a ser hombre, y todo lo trabuca;
soltero sigue toda perendeca;
casado se convierte en mala cuca.

Viejo encanece, arrúgase y se seca;
llega la muerte, y todo lo bazuca,
y lo que deja paga, y lo que peca.

LEBENSLAUF EINES MANNES

Das Leben fängt mit Kacken und mit Tränen,
mit »Heiah!«, »Mama«, mit dem »Schwarzen Mann«,
mit Geifer, Rotz und Kinderpocken an,
auch Kreisel, Klappern wären zu erwähnen.

So wächst er auf: die Freundin, der Betrug,
vor heller Gier wird ihm die Brust zu enge,
der Jüngling braucht schon eine ganze Menge,
kein schlimmes Trachten gilt ihm nun genug.

Erwachsen spielt er allen übel mit,
der Junggeselle mag zum Hürchen passen,
der Ehemann geht dann den Hahnrei-Tritt.

So wird er weiß, verrunzelt, dürr und alt,
dann kommt der Tod. Und was er unterlassen,
was er gesündigt, büßt er alsobald.

DESNUDA A LA MUJER DE LA MAYOR PARTE AJENA QUE LA COMPONE

Si no durme su cara con Filena,
ni con sus dientes come, y su vestido
las tres partes le hurta a su marido,
y la cuarta el afeite le cercena;

si entera con él come y con él cena,
mas debajo del lecho mal cumplido,
todo su bulto esconde, reducido
a chapinzanco y moño por almena,

¿por qué te espantas, Fabio, que, abrazado
a su mujer, la busque y la pregone,
si, desnuda, se halla descasado?

Si cuentas por mujer lo que compone
a la mujer, no acuestes a tu lado
la mujer, sino el fardo que se pone.

GEGEN VIELE FRAUEN

Schläft ihr Gesicht nicht mehr mit ihr im Bette,
kaut sie mit falschem Zahn, und stiehlt ihr Kleid
drei Viertel ihrer selbst, dem Mann zum Leid,
(das vierte stehlen Schminke und Toilette),

speist sie mit ihm beim Abendessen ganz –
doch birgt sie unterm Ehebett den Packen,
der erst ihr Selbst enthüllt: die Stelzenhaken,
das falsche Haargeflecht als Zinnenkranz –

weshalb entsetzt du, Fabio, dich derart,
daß sie der Ehmann sucht und nach ihr schreit,
wenn mit der Nackten er entehlicht ward?

Zählst du als Frau, was sie zur Frau erst macht,
bleib von den Frauen ferne in der Nacht.
Sind sie ein Kleiderbündel, geh zum Kleid!

CALIFICA A ORFEO PARA IDEA DE MARIDOS DICHOSOS

Romance

Orfeo por su mujer
cuentan que bajó al Infierno;
y por su mujer no pudo
bajar a otra parte Orfeo.

Dicen que bajó cantando;
y por sin duda lo tengo;
pues, en tanto que iba viudo,
cantaría de contento.

Montañas, riscos y piedras
su armonía iban siguiendo;
y si cantara muy mal,
le sucediera lo mesmo.

Cesó el penar en llegando
y en escuchando su intento:
que pena no deja a nadie
quien es casado tan necio.

Al fin pudo con la voz
persuadir los sordos reinos:
aunque el darle a su mujer
fue más castigo que premio.

ORPHEUS, URBILD DER GLÜCKLICHEN EHEMÄNNER

Romanze

Orpheus, sagt man, stieg zur Hölle,
um sein Weibchen dort zu suchen.
Nur zur Hölle konnt' er steigen,
wollte er sie wieder rufen.

Eines halte ich für sicher:
Singend stieg er in den Abgrund.
Witwer war er ja geworden,
Grund genug für ihn zu jubeln.

Steine, Felsen und auch Berge
lauschten, folgten dem Gedudel
und es wäre gleich gewesen,
hätte er auch falsch gesungen.

Und die Hölle ruhte staunend,
als man seine Absicht wußte:
Hölle ist ja schon auf Erden,
liegt in Banden hier ein Dummer.

Doch er überzeugte singend,
hat das taube Reich bezwungen,
war's auch Strafe, nicht Belohnung,
als sein Weib ihm wieder wurde.

Diéronsela lastimados;
pero con ley se la dieron
que la lleve y no la mire:
ambos muy duros preceptos.

Iba él delante guiando,
al subir; porque es muy cierto
que, al bajar, son las mujeres
las que nos conducen, ciegos.

Volvió la cabeza el triste:
si fue adrede, fue bien hecho;
si acaso, pues la perdió,
acertó esta vez por yerro.

Esta conseja nos dice
que si en algún casamiento
se acierta, ha de ser errando,
como errarse por aciertos.

Dichoso es cualquier casado
que una vez queda soltero;
mas de una mujer dos veces
es ya de la dicho extremo.

Und man setzte zur Bedingung
(gab man sie ihm doch voll Kummer),
sie zu nehmen, nicht zu sehen:
hart das Urteil für den Dulder!

Orpheus ging voraus als Führer,
als sie dann nach oben huschten.
(Denn es führen uns die Weiber,
blind wir, kommen wir herunter.)

Doch es blickt' zurück der Arme.
War's mit Absicht, hat's gefruchtet,
war es Zufall – er verlor sie –
war es doch ein schöner Irrtum.

Diese Fabel zeigt uns deutlich:
Triffst du es im Ehebunde,
kann es dir nur irrend glücken,
wie man irrt – trotz eines Fundes.

Glücklich schon die Ehemänner,
die nur einmal ledig wurden!
Zweimal ledig *eines* Weibes
ist des Erdenglückes Summe!

A UNA NARIZ

Erase un hombre a una nariz pegado,
érase una nariz superlativa,
érase una nariz sayón y escriba,
érase un peje espada muy barbado.

Era un reloj de sol más encarado,
érase una alquitara pensativa,
érase un elefante boca arriba,
era Ovidio Nasón más narizado.

Erase un espolón de una galera,
érase una pirámide de Egito,
las doce tribus de narices era.

Erase un naricísimo infinito,
muchísima nariz, nariz tan fiera,
que en la cara de Anás fuera delito.

AUF EINE NASE

Es war ein Mann, der hing an einer Nase,
es war die Nase superlativiert.
Es war ein kleines Ding an einer Nase!
Es war Ovidius Naso, höchst nasiert,

es war die Sonnenuhr mit imposantem
Zeiger, ein Schwertfisch, sehr benast, und war
gereckt der Rüssel eines Elefanten
und zwölfer Judenstämme Nasenschar.

Es war ein Kolben, eines Schiffes Schnabel!
Es war der Pharisäer Nasennase,
dem Hohenpriester Annas wär' sie leid!

Es war einmal ein Nasenturm zu Babel,
der endlos langen Dinge Paraphrase
und nasnasierte Nasenewigkeit.

LETRILLA SATÍRICA

Sabed, vecinas,
que mujeres y gallinas
todas ponemos:
unas cuernos y otras huevos.

Viénense a diferenciar
la gallina y la mujer,
en que ellas saben poner,
nosotras sólo quitar.
Y en lo que es cacarear
el mismo tono tenemos.
Todas ponemos:
unas cuernos y otras huevos.

Docientas gallinas hallo
yo con un gallo contentas;
mas, si nuestros gallos cuentas,
mil que den son nuestro gallo.
Y cuando llegan al fallo,
en cuclillos los volvemos.
Todas ponemos:
unas cuernos y otras huevos.

W*ißt, Nachbarinnen,*
daß Weiber und Hennen es rasch beginnen,
wir alle bescheren:
Hörner die Weiber, Eier die Hennen.

Hennen und Frauen
sind freilich verschieden:
Die Hennen geben; wir sind erst zufrieden,
können wir alles den Männern klauen.
Und wenn wir gackernd das Werk uns beschauen,
wir alle im selben Ton verkehren.
Wir alle bescheren:
Hörner die Weiber, Eier die Hennen.

Ein guter Hahn tritt, das kannst du wohl sehen,
leicht an die zweihundert prächtige Hennen.
Willst du die Zahl meiner Hähne kennen:
tausend, die zahlen, will ich gestehen.
Und wenn als Hahn sie zugrunde gehen,
können wir sie in Hahnreie kehren.
Wir alle bescheren:
Hörner die Weiber, Eier die Hennen.

En gallinas regaladas
tener pepita es gran daño,
y en las mujeres de hogaño
lo es el ser despepitadas.
Las viejas son emplumadas
por darnos con que volemos.
Todas ponemos:
unas cuernos y otras huevos.

Der Pips ist bei Hennen ein widriger Schnupfen,
meist tödlich, vor allem bei jungen Tieren.
Wenn wir selber piepsend den Kopf verlieren,
können wir nicht mehr die Männer rupfen.
Gefedert-gefiedert kann ich mich lupfen,
als Vettel auf Besen die Lüfte durchqueren.
Wir alle bescheren:
Hörner die Weiber, Eier die Hennen.

DIFERENCIA DE DOS VICIOSOS EN EL APETITO DE LAS MUJERES

Por más graciosa que mi tronga sea,
otra en ser otra tronga es más graciosa;
el mayor apetito es otra cosa,
aunque la más hermosa se posea.

La que no se ha gozado, nunca es fea;
lo diferente me la vuelve hermosa;
mi voluntad de todas es golosa:
cuantas mujeres hay, son mi tarea.

Tú, que con una estás amancebado,
yo, que lo estoy con muchas cada hora,
somos dos archidiablos, bien mirado.

Mas diferente mal nos enamora:
pues amo yo, glotón, todo el pecado;
tú, hambrón de vicios, una pecadora.

EIN LÜSTLING AN DEN ANDEREN

Hübsch mag sie sein, für die ich mich erhitze –
doch gibt es schönre, weil es andere sind.
Die Gier nach anderen Weibern macht mich blind,
auch wenn die schönste Schöne ich besitze.

Die Frau, die nie mit mir im Bett gelegen,
sie kann nicht häßlich sein, ist sie doch neu.
Ich will sie alle haben, meiner Treu!
Bei allen Weibern möchte ich mich regen.

Du schläfst nur einer einz'gen Freundin bei,
ich aber vielen, dies ist meine Pfründe,
und ausgepichte Teufel sind wir zwei,

und doch sind wir verschieden – auch hierin.
Ich Vielfraß liebe die gesamte Sünde,
du Hungerleider *eine* Sünderin.

A UN MARIDO

Quién te persuadió a quitar
al adúltero infeliz
la nariz, pues la nariz
no te puede deshonrar?
Tonto, ¿qué has hecho en cortar
lo que sólo sabía oler?
Nada perdió tu mujer
en esto, si lo has notado,
pues al otro le ha quedado
con qué volverte a ofender.

AUF EINEN EHEMANN, DER DEM LIEBHABER SEINER FRAU DIE NASE ABSCHNITT

(nach Martial)

Diesen armen Ehebrecher,
ach, wie kannst du ihn versehren,
hast die Nas' ihm abgeschnitten –
kann er dich damit entehren?
Narr, du hast ihm abgeschnitzelt
ein Organ, das nur zum Riechen,
und dein Weib hat nichts verloren,
will sie wieder zu ihm kriechen:
das Organ blieb unverletzt,
womit er dir Hörner setzt.

EPITAFIO

Este que, en negra tumba, rodeado
de luces, yace muerto y condenado,
vendió el alma y el cuerpo por dinero,
y aun muerto es garitero;
y allí donde le veis, está sin muelas,
pidiendo que le saquen de las velas.

Ordenado de quínolas estaba,
pues desde prima a nona las rezaba;
sacerdote de Venus y de Baco,
caca en los versos y en garitero Caco.
La sotana traía
por sota, más que no por clerecía.

Hombre en quien la limpieza fue tan poca
(no tocando a su cepa),
que nunca, que yo sepa,
se le cayó la mierda de la boca.
Este a la jerigonza quitó el nombre,
pues después que escribió cíclopemente,
la llama jerigóngora la gente.
Clérigo, al fin, de devoción tan brava,
que, en lugar de rezar, brujuleaba;
tan hecho a tablajero el mentecato,
que hasta su salvación metió a barato.

GRABSCHRIFT FÜR GÓNGORA

Der hier im schwarzen Grab liegt, umgeben
von flackernden Kerzen, verdammt, ohne Leben,
verkaufte Leib und Seele für Geld,
wie gern tut er's noch in der Unterwelt!
Jetzt fehlen ihm Würfel zum Wohlergehen,
aus dem Grabe möchte er auferstehen!

Er war zum Kartenpriester geweiht,
er las in den Karten allezeit,
er war ein Priester der Venus, des Bacchus,
ein Scheißer in Versen, im Spielen ein Cacus,
die CASula trug er, ihn schert' nicht das Amt:
im Wort steckt das AS, drum ist er verdammt.

Auf Reinlichkeit gab er niemals sehr viel
(die Reinheit des Blutes bleib' aus dem Spiel),
sein Maul war verschmutzt und nicht verschmitzt,
denn er hat immer nur Dreck verspritzt.
Die Gauner reden nicht Rotwelsch mehr,
sie zyklopen nur Góngorawelsches daher.
Er betete nicht, sein ganzes Bestreben
waren die Karten, so kam er durchs Leben.
Den Spieltisch regieren, das war sein Ziel,
und das Seelenheil setzte er hurtig aufs Spiel.

Vivió en la ley del juego,
y murió en la del naipe, loco y ciego;
y porque su talento conociesen,
en lugar de mandar que se dijesen
por él misas rezadas,
mandó que le dijesen las trocadas.
Y si estuviera en penas, imagino,
de su tahúr infame desatino,
si se lo preguntaran,
que deseara más que le sacaran,
cargado de tizones y cadenas,
del naipe, que de penas.
Fuese con Satanás, culto y pelado:
¡mirad si Satanás es desdichado!

Er lebte nach dem Gesetz der Karten
und starb darin blind, wie zu erwarten.
Von Totenmessen wollt' er nichts wissen,
hat sich bis zuletzt nur um Stiche gerissen,
und brennt er etwa in höllischen Flammen,
denkt sich der Falschspieler Unsinn zusammen:
er will sich, beladen mit Ruß und mit Ketten,
sicherlich nicht aus der Hölle retten,
will die Qualen und Strafen nicht werden los:
er fürchtet für seinen »Vierziger« bloß.
So ging er zum Teufel: manieriert und kahl.
Jetzt erst wird Satan die Hölle zur Qual!

CONTRA DON LUIS DE GÓNGORA

Yo te untaré mis versos con tocino,
porque no me los muerdas, Gongorilla,
perro de los ingenios de Castilla,
docto en pullas, cual mozo de camino.

Apenas hombre, sacerdote indino,
que aprendiste sin christus la cartilla,
chocarrero de Córdoba y Sevilla
y bufón en la Corte, a lo divino.

¿Por qué censuras tú la lengua griega,
siendo sólo rabí de la judía,
cosa que tu nariz aun no lo niega?

No escribas versos más, por vida mía;
que aun aquesto de escribas se te pega,
pues tienes de sayón la rebeldía.

GEGEN GÓNGORA

Mit Speck will ich dir meine Verse salben,
damit du sie nicht beißt, oh Gongorilla,
du Kläffer aller Dichter aus Castilla,
zotengewandt, wie Fuhrleut' allenthalben.

Kaum Mensch, dich mit der Priesterwürde schmückend,
hast du das Wörtlein »Christus« nie studiert.
In Córdoba bist du als Narr passiert,
als Hanswurst warst du in Madrid berückend.

Was heulst du, Rabbi, denn das Griechische an,
kannst du doch nur das Jüdische betreiben,
was deine Nase nicht bestreiten kann!

Laß die gelehrten Verse endlich bleiben!
Sonst bleibt dir gleich der »Schriftgelehrte« hängen:
mit Christi Henkern wird man dich vermengen.

ADVIERTE CON SU PELIGRO A LOS QUE LEYEREN SUS LLAMAS

Si fuere que, después, al postrer día
que negro y frío sueño desatare
mi vida, se leyere o se cantare
mi fatiga en amar, la pena mía;

cualquier que de talante hermoso fía
serena libertad, si me escuchare,
si en mi perdido error escarmentare,
deberá su quietud a mi porfía.

Atrás se queda, Lisi, el sexto año
de mi suspiro: yo, para escarmiento
de los que han de venir, paso adelante.

¡Oh en el reino de Amor huésped extraño!,
sé docto con la pena y el tormento
de un ciego y, sin ventura, fiel amante.

ER WARNT DIE LIEBENDEN

Wenn einst der letzte Schlaf am letzten Tage
mein Leben schwarz und kalt hat überkommen,
und wenn man später liest von meiner Klage,
von meinen Qualen spricht, dann mög' es frommen

den Liebenden, die schönem Schein vertrauen
und glauben, Liebe könne Freiheit dulden.
Sie alle sollen meinen Irrtum schauen
und werden ihre Ruhe meinem Starrsinn schulden.

Sechs Jahre Seufzen, Schmerzen sind genug,
und nicht genug, oh Lisi! Ein Exempel
bin ich den Liebenden, die nach mir sind.

Oh unbekannter Beter in dem Tempel
der Liebe, sei gewarnt und bleibe klug!
Ich liebte hoffnungslos – und liebte blind.

ACUÉRDASE DE SU LIBERTAD COBRADA, Y VUELTA A PERDER; Y AUNQUE CONFIESA LA FELICIDAD DE AQUEL ESTADO, SE RECONOCE A SÍ MISMO SIN VALOR PARA DESEARLE

Ya que no puedo l'alma, los dos ojos
vuelvo al dulce lugar, donde, rendida,
dejé mi antigua libertad, vestida
de mis húmedas ropas y despojos.

¡Oh, si sintiera ya los lazos flojos
en que tirano Amor la tiene asida,
o el desengaño tardo de mi vida
a su prisión burlara los cerrojos!

A ti me fuera luego, y de tu techo
las paredes vistiera, por honrarte,
con duro lazo, por mi bien, deshecho.

Mas hállome en prisión tan de su parte,
¡oh libertad! que faltas a mi pecho
para poder sin Fili desearte.

AN DIE VERLORENE FREIHEIT

Kann ich die Seele nicht, will ich die Augen
dem süßen Ort zuwenden, wo, verleidet,
ich meine alte Freiheit ließ, bekleidet
mit meinen feuchten Lumpen, die nicht taugen.

Oh würden sie nicht harte Fesseln engen,
in die tyrannisch Amor sie geschlagen!
Die Einsicht kommt mir spät in alten Tagen –
oh könnte sie schon jetzt die Riegel sprengen!

Dann könnten auch an deinen Wänden hangen
die harten Ketten, die so lang mich quälen,
zerrissen, mir zum Glück, um dich zu ehren.

Doch hält sie mich so hart und streng gefangen,
mein Herz hat nicht die Freiheit, dich zu wählen:
ich kann dich ohne Fili nicht begehren.

A CABRERA

Cabrera ve y disimula
que el médico que yo callo
más veces anda a caballo
en su mujer que en su mula.
Ni se asusta ni atribula,
y engorda con el sufrir;
y pues él deja batir
al doctor su delantera,
sin duda quiere Cabrera
sin calentura morir.

AUF EINEN KLUGEN GEHÖRNTEN

Cabrera weiß es, aber er schweigt,
daß ein Arzt sein Weibchen öfter besteigt
als das Muli, doch stört ihn das nicht,
zufrieden und fett erglänzt sein Gesicht,
der Doktor ist diesmal nicht sein Verderben!
Cabrera ist zweifellos sehr gewitzt:
da der Arzt sich auf der Frau erhitzt,
will Cabrera wohl nicht an Fieber sterben.

AUSENTE, SE HALLA EN PENA MÁS RIGUROSA QUE TÁNTALO

Dichoso, puedes, Tántalo, llamarte,
tú, que, en los reinos vanos, cada día,
delgada sombra, desangrada y fría,
ves, de tu misma sed, martirizarte.

Bien puedes en tus penas alegrarte
(si es capaz aquel pueblo de alegría),
pues que tiene (hallarás) la pena mía
del reino de la noche mayor parte.

Que si a ti de la sed el mal eterno
te atormenta, y mirando l'agua helada
te huye, si la llama tu suspiro;

yo, ausente, venzo en penas al infierno;
pues tú tocas y ves la prenda amada;
yo, ardiendo, ni la toco ni la miro.

ER LEIDET MEHR ALS TANTALUS UNTER IHRER ABWESENHEIT

Du darfst, oh Tantalus, dich glücklich nennen,
blutleerer Schatten du in Schattenreichen,
wird jeder Tag dir auch zum neuen Zeichen:
du fühlst den Durst dein Inneres verbrennen.

Wohl darfst du dich in deinen Qualen freuen
(ist Freude möglich in der Hölle Gründen) –
es brauchen meine Qualen, wirst du finden,
im Reich der Nacht die deinen nicht zu scheuen.

Wenn du vom ewigen Durst gepeinigt bist,
das Wasser siehst und es dir weicht behend,
so bin ich fern von *ihr*, und ich bekenne,

daß in mir mehr als eine Hölle ist.
Du siehst und du berührst dein Element,
ich sehe, ich berühr' es nicht und – brenne.

A APOLO SIGUIENDO A DAFNE

Bermejazo platero de las cumbres,
a cuya luz se espulga la canalla,
la ninfa Dafne, que se afufa y calla,
si la quieres gozar, paga y no alumbres.

Si quieres ahorrar de pesadumbres,
ojo del cielo, trata de compralla:
en confites gastó Marte la malla,
y la espada en pasteles y en azumbres.

Volvióse en bolsa Júpiter severo;
levantóse las faldas la doncella
por recogerle en lluvia de dinero.

Astucia fue de alguna dueña estrella,
que de estrella sin dueña no lo infiero:
Febo, pues eres sol, sírvete de ella.

APOLL VERFOLGT DAPHNE

Rothaariger Juwelier, bei dessen Strahle
sich hier auf Erden das Gesindel laust:
die Nymphe Daphne flieht vor dir zerzaust –
willst du sie haben, glänz' nicht, sondern zahle!

Willst du Verdruß dir sparen und Gezänke,
betöre sie mit Gold, nicht mit Schalmeien.
Den Panzer gab Gott Mars für Schleckereien,
das Schwert für Fleischpasteten und Getränke.

Wie hat es Jupiter denn angefangen?
Er wurde Sack, es hob die Röcke eilig
die Jungfrau, ihn als Goldstrom zu empfangen.

Nur eine Kupplerin kann diese List
ersonnen haben, eine Göttin freilich.
Nimm eine, Phöbus, der du Sonne bist!

LETRILLA SATÍRICA

La morena que yo adoro
y más que a mi vida quiero,
en verano toma el acero
y en todos tiempos el oro.

Opilóse, en conclusión,
y levantóse a tomar
acero para gastar
mi hacienda y su opilación.
La cuesta de mi bolsón
sube, y nunca menos cuesta.
Mala enfermedad es ésta,
si la ingrata que yo adoro
y más que mi vida quiero,
en verano toma el acero
y en todos tiempos el oro.

Anda por sanarse a sí,
y anda por dejarme en cueros;
toma acero, y muestra aceros
de no dejar blanca en mí.
Mi bolsa peligra aquí,
ya en la postrer boqueada;
la suya, nunca cerrada
para chupar el tesoro
de mi florido dinero,
tomando en verano acero
y en todos tiempos el oro.

LETRILLA

Ach, mein Schätzchen, braunes Haar,
immerdar will ich sie preisen,
nimmt im Sommer immer Eisen –
Gold nimmt sie das ganze Jahr.

Kurz gesagt: sie kann nicht – »gehen«.
Eisenkur nimmt sie geschwinde,
hofft auf lauter günstge Winde
und mein Geld – ich hab's gesehen.
Ach, mein Beutelchen will stehen,
dennoch war es niemals leerer
und die Krankheit wird nur schwerer,
denn die Böse, braunes Haar,
immerdar will ich sie preisen,
nimmt im Sommer immer Eisen –
Gold nimmt sie das ganze Jahr.

Immer ärger will sie's treiben,
schon hat sie mich ausgezogen,
daß die Golddukaten flogen,
nicht ein Groschen soll mir bleiben.
Will sich alles einverleiben,
und mein Beutel, will nicht lügen,
liegt schon in den letzten Zügen,
nur ihr Täschel will's in bar,
saugt am Schatz, ich kann's beweisen,
denn im Sommer nimmt sie Eisen –
Gold nimmt sie das ganze Jahr.

Es niña que, por tomar,
madruga antes que amanezca,
porque en mi bolsa anochezca:
que andar tras esto es su andar.
De beber se fue a opilar;
chupando se desopila;
mi dinero despabila;
el que la dora es Medoro;
el que no pellejo y cuero:
en verano toma el acero
y en todos tiempos el oro.

Dieses Mädchen, um zu nehmen,
wacht schon vor dem Morgengrauen,
hat den Beutel in den Klauen,
und ich muß mich doch bequemen.
Die Verstopfung wollte lähmen,
saugend schwinden die Beschwerden,
nur mein Geld will nimmer werden.
Einmal strotzte ich, fürwahr!
Nackt wird sie mich von sich weisen,
denn im Sommer nimmt sie Eisen –
Gold nimmt sie das ganze Jahr.

SIGNIFICA LA INTERESABLE CORRESPONDENCIA DE LA VIDA HUMANA

El ciego lleva a cuestas al tullido:
dígola maña, y caridad la niego;
pues en ojos los pies le paga al ciego
el cojo, sólo para sí impedido.

El mundo en estos dos está entendido,
si a discurrir en sus astucias llego:
pues yo te asisto a ti por tu talego;
tú, en lo que sé, cobrar de mí has querido.

Si tú me das los pies, te doy los ojos:
todo este mundo es trueco interesado,
y despojos se cambian por despojos.

Ciegos, con todos hablo escarmentado:
pues unos somos ciegos y otros cojos,
ande el pie con el ojo remendado.

BILD DER WELT

Der Blinde trägt den Lahmen auf dem Rücken.
Nur Schläue wirst du, doch nicht Mitleid finden.
Warum? Gibt der Gelähmte doch dem Blinden
die Augen und verzichtet so auf Krücken!

Wenn ich der beiden Witz bedenke, habe
vor meinen Augen ich ein Bild der Welt.
Ich steh' dir bei, doch fordre ich Entgelt.
Auch du, soweit ich weiß, willst meine Gabe.

Gibst du mir Füße, gebe ich dir Augen.
Sie alle wollen tauschen, wie sie sind:
getauscht wird Plunder gegen Plunders Wert.

Ihr Blinde, möge euch dies Beispiel taugen!
Gichtbrüchig sind die einen, andre blind,
so torkle denn der Fuß, vom Aug' belehrt.

JUICIO MORAL DE LOS COMETAS

Quintillas

Ningún cometa es culpado,
ni hay signo de mala ley,
pues para morir penado,
la envidia basta al privado
y el cuidado sobra al rey.

De las cosas inferiores
siempre poco caso hicieron
los celestes resplandores;
y mueren porque nacieron
todos los emperadores.

Sin prodigios ni planetas
he visto muchos desastres,
y, sin estrellas, profetas:
mueren reyes sin cometas,
y mueren con ellas sastres.

De tierra se creen extraños
los príncipes deste suelo,
sin mirar que los más años
aborta también el cielo
cometas por los picaños.

GEGEN DEN ABERGLAUBEN

Quintillas

Kein Komet kann uns verderben
und es gibt kein böses Zeichen.
Um in Sünden zu erbleichen,
mag der Neid dem Günstling reichen
und vor Angst der König sterben.

Was wir irdisch auch beginnen,
kümmert nicht die ewigen Sterne.
Leben hat den Tod schon innen
und kein Kaiser kann entrinnen,
Tod sei nahe oder ferne.

Ohne Wunder noch Planeten
sah ich vieles Unglück leider,
ohne Sterne auch Propheten:
Mit Kometen starben Schneider,
Fürsten brauchten nicht Kometen.

Doch sie haben Tollgesichte,
glauben sich nicht erdgebunden,
merken nicht, daß Bösewichte
ihren Schweifstern längst gefunden.
Jahr für Jahr läuft die Geschichte.

El cometa que más brava
muestra crinada cabeza,
rey, para tu vida esclava,
es la desorden que empieza
el mal que el médico acaba.

König, deinem Sklavenleben
zeigt ein Schweifstern schlimme Wende:
Bist der Wollust ganz ergeben.
So beginnt das Übel eben
und der Arzt ist dann dein Ende.

MUJER PUNTIAGUDA CON ENAGUAS

Si eres campana, ¿dónde está el badajo?;
si pirámide andante, vete a Egito;
si peonza al revés, trae sobrescrito;
si pan de azúcar, en Motril te encajo.

Si chapitel, ¿qué haces acá abajo?
Si de disciplinante mal contrito
eres el cucurucho y el delito,
llámente los cipreses arrendajo.

Si eres punzón, ¿por qué el estuche dejas?
Si cubilete, saca el testimonio;
si eres coroza, encájate en las viejas.

Si büida visión de San Antonio,
llámate doña Embudo con guedejas;
si mujer, da esas faldas al demonio.

AUF EINE FRAU IN WEITAUSLAUFENDEN RÖCKEN

Wo ist dein Klöppel, bist du eine Glocke?
Als Wanderpyramide geh' ins Wüstenland.
Wenn umgedrehter Kreisel, gib's bekannt!
Auch Zuckerhüte ähneln deinem Rocke.

Du bist ein Kapitell? Und hier auf Erden?
Doch bist du eines Sünders Gugelhaube,
so könnten die Zypressen alle glauben,
du willst ein Baum in Unterröcken werden.

Bist du ein Stichel – her das Futteral!
Als Büßermütze kannst du Vetteln dienen.
Bist du ein Würfelbecher, zeig's einmal!

Gespenst, dem Sankt Antonius erschienen,
bist du als Trichter Trug mit Zottelhaaren.
Als Frau – laß diesen Rock zum Teufel fahren!

A CELESTINA

Redondillas

Yace en esta tierra fría,
digna de toda crianza,
la vieja cuja alabanza
tantas plumas merecía.

No quiso en el cielo entrar
a gozar de las estrellas,
por no estar entre doncellas
que no pudiese manchar.

AUF CELESTINA, DIE BERÜHMTE KUPPLERIN

Hier vom kalten Grab verschlungen
liegt die Vettel, liegt die Muhme,
würdig allen Lobes – ihr zum Ruhme
wurden Federn gern geschwungen.

Konnte Seligkeit entbehren,
wollte nicht dem Himmel trauen,
denn dort fehlen junge Frauen,
die noch zu beflecken wären.

EPITAFIO

En esta piedra yace un mal cristiano.
–Sin duda fue escribano.
–No, que fue desdichado en gran manera.
–Algún hidalgo era.
–No, que tuvo riquezas y algún brío.
–Sin duda fue judío.
–No, porque fue ladrón y lujurioso.
–Ser ginovés o viudo era forzoso.
–No, que fue menos cuerdo y más parlero.
–Ese que dices era caballero.
–No fue sino poeta el que preguntas,
y en él se hallaron estas partes juntas.

DIALOG

In diesem Grab liegt ein schlechter Christ.
»Sieh an! Ob er Schreiber gewesen ist?«
Oh nein! Er war unselig über die Maßen!
»Ein armer Hidalgo, recht aufgeblasen?«
Das auch nicht, denn er war geschäftig und ›reich‹.
»Das sieht mir ganz einem Juden gleich.«
Oh nein! Er war geil und ein Dieb seit eh.
»Dann war's ein Witwer? Ein Bankier?«
Er war nicht so klug, er knauserte mehr.
»Dann war es sicher ein großer Herr?«
Oh nein! Hier liegt ein simpler Poet,
der hat alle Laster. Sprich ein Gebet!

GOZA EL CAMPO DE PRIMAVERA TEMPLADA Y NO EL CORAZÓN ENAMORADO

Ya tituló al verano ronca seña;
vuela la grulla en letra, y con las alas
escribe el viento, y, en parleras galas,
Progne cantora su dolor desdeña.

Semblante azul y alegre el cielo enseña,
limpio de nubes y impresiones malas;
y si a estruendo marcial despierta Palas,
Flora convida al sueño en blanda greña.

La sed aumenta el sol, creciendo el día;
de la cárcel del yelo desatado,
templa el arroyo el ruido en armonía.

Yo solo, ¡oh Lisi!, a pena destinado,
y en encendido invierno l'alma mía,
ardo en la nieve y yélome abrasado.

DAS LAND FREUT SICH DES FRÜHLINGS, NICHT ABER DAS VERLIEBTE HERZ

Der Frühling kommt: ein Vogel heiser schreit,
hoch in den Lüften schreibt der Kranich Zeichen,
gefiedert saust der Wind, und ohnegleichen
verachtet Prokne singend all ihr Leid.

Wie sich der Himmel blau und fröhlich zeigt,
von Wolken frei und ohne jeden Schrecken!
Will uns zu wüstem Kriegslärm Pallas wecken,
ist Flora eher süßem Schlaf geneigt.

Schon brennt die Sonne, da der Tag zunimmt,
vom starren Band des Eises nun entbunden
ergehn mit sanftem Laut die Bäche sich.

Ich nur, oh Lisi, bin zur Pein bestimmt,
der Flammen-Winter ist noch nicht verschwunden:
im Eise glüh', im Brande friere ich.

DESDE LA TORRE

Retirado en la paz de estos desiertos,
con pocos, pero doctos libros juntos,
vivo en conversación con los difuntos
y escucho con mis ojos a los muertos.

Si no siempre entendidos, siempre abiertos,
o enmiendan, o fecundan mis asuntos;
y en músicos callados contrapuntos
al sueño de la vida hablan despiertos.

Las grandes almas que la muerte ausenta,
de injurias de los años, vengadora,
libra, ¡oh gran don Josef!, docta la emprenta.

En fuga irrevocable huye la hora;
pero aquélla el mejor cálculo cuenta
que en la lección y estudios nos mejora.

LOB DER STUDIEN

Die Einsamkeit erscheint mir wie ein Eden
mit wenigen, doch guten Büchern hier.
Vertraulich sprechen Tote nun mit mir,
mit meinen Augen höre ich sie reden.

Nicht immer klar, so doch geöffnet, leiten
und fördern sie die Dinge, die mein eigen,
sie sind Musik, ein Kontrapunkt im Schweigen,
womit sie meinen Lebenstraum begleiten.

Die großen Seelen, die der Tod entrissen,
der Rächer allen Schimpfes hier auf Erden –
das Buch läßt sie uns länger nicht vermissen.

Die Stunde flieht, dem Gestern stürzt das Heute
flink nach, doch jene bringt die schönste Beute,
durch die wir, lesend, etwas besser werden.

PSALMO IX

Cómo de entre mis manos te resbalas!
¡Oh, cómo te deslizas, vida mía!
¡Qué mudos pasos trae la muerte fría
con pisar vanidad, soberbia y galas!

Ya cuelgan de mi muro sus escalas,
y es su fuerza mayor mi cobardía;
por nueva vida tengo cada día
que al cano Tiempo, nace entre las alas.

¡Oh mortal condición! ¡Oh dura suerte,
que no puedo querer ver a mañana,
sin temor de si quiero ver mi muerte!

Cualquiera instante desta vida humana
es un nuevo argumento que me advierte
cuán frágil es, cuán mísera y cuán vana.

PARAPHRASE DES IX. PSALMS

Oh Leben, Leben, willst du mir entgleiten?
Ich faß' dich nicht: schon bist du flink entwichen!
Mit stummen Schritten kommt der Tod geschlichen,
und nieder tritt er Stolz und Eitelkeiten.

Schon hängt an meiner Mauer seine Leiter,
und, feig, bin ich ihm in die Hand gegeben.
Ich halte jeden Tag für neues Leben,
den graue Zeit gebiert – und sterbe weiter.

Oh Art der Sterblichen! Oh hartes Los!
Kann ich mich auf den nächsten Morgen freuen?
Wird er mich lebend seh'n? Die Angst ist groß,

denn jeder Augenblick des Menschenlebens
beweist und zeigt mir immer nur von neuem,
wie schwach es ist, wie elend, wie vergebens.

LLAMA A LA MUERTE

Ven ya, miedo de fuertes y de sabios;
huya el cuerpo indignado con gemido,
debajo de las sombras y el olvido
beberán por demás mis secos labios.

Fallecieron los Curios y los Fabios,
y no pesa una libra, reducido
a cenizas, el rayo amanecido
en Macedonia a fulminar agravios.

Desata de este polvo y de este aliento
el nudo frágil en que está animada
sombra, que sucesivo anhela el viento.

¿Por qué emperezas el venir rogada,
a que me cobre deuda el monumento,
pues es la humana vida larga, y nada?

ER RUFT NACH DEM TODE

Komm endlich, du, vor dem die Herzen sinken!
Und stöhnend flüchte dieser Leib sogleich.
Die trocknen Lippen werden dann im Reich
der Schatten ohne Not Vergessen trinken.

Die Kurier und die Fabier sind verschwunden,
der Blitz, der sich in Mazedonien ballte
und dessen Laut den Erdenkreis durchhallte,
er wiegt kein Pfund, in Erdenstaub gebunden.

Löse das Band, so flieht der Atem hin,
durch den ich lebensvoller Schatten bin
und Aschenstaub, den bald der Wind vertreibt.

Was zögerst du, Vorbote des Gerichts?
Führ' mich ins Grab, daß keine Schuld mehr bleibt,
ist doch ein Menschenleben lang – und nichts.

Solo tienes posesiones,
solo dineros y bienes
de oro; solo, sólo tienes
olorosas confesiones.
Solo vinos, ámbar, dones;
solo tienes valentía,
solo ciencia y cortesía;
y con quererlo tener
todo, sólo a tu mujer
la tienes en compañía.

AUF EINEN AUFSCHNEIDER

Du allein hast Rittergüter,
du allein hast Geld und Gold,
dir allein ist die Fortuna,
dir allein Minerva hold.
Klugheit, Ambra, Mut, Korallen,
bist allein damit begabt –
nur dein Weib gehörte allen:
alle haben sie gehabt.

Sángrese de la vena de Cupido
quien quisiere vivir a sus anchuras,
pagando más baratas las hechuras
que el desdichado nadador de Abido.

Maldiga Dios un necio tan garrido
que, por encrucijadas mal seguras,
gastando, como dicen, herraduras,
se quiere dar a reinas del partido.

Yo soy aquel que, con poquitas tramas,
mi gusto satisfago sin billetes;
búrlome de terceras casi brujas;

tal vez doy en fregonas, tal en damas,
también me quedo en sotas, como en sietes,
que todas tienen ojos como agujas.

BEISPIELHAFTER MANN

Es schröpfe sich, wen Cupido getroffen,
am rechten Ort, und lebe dann in Frieden.
Ein bess'rer Macherlohn ist ihm beschieden
als jenem, der im Hellespont ersoffen.

Verflucht die strammen Schlingel, die nicht denken!
An finstrem Ort, wo Hürchen nur verkehren,
da wollen sie die vollen Säcke leeren
und geizen nicht mit Bargeld und Geschenken.

Ich aber lege ein paar gute Hamen
und ohne Briefchen laufen die Amouren.
Den Kupplerinnen gab ich nie Gehör.

Ich hab's mit Scheuerweibern, hab's mit Damen,
mit miesen und mit exzellenten Huren,
bei allen Nadeln finde ich das Öhr.

A LUIS VÉLEZ DE GUEVARA

Deseas, Vélez, saber
por qué un tiple racionero
entra en esta casa? Quiero
dártelo ahora a entender.
Mira, Juana enviudó ayer;
sabe este capón cantar
y viénela a consolar;
y, aunque tú pudieras ir,
no quiere Juana parir,
que sólo se quiere holgar.

AN LUIS VÉLEZ DE GUEVARA

(nach Martial)

Wissen willst du für dein Leben
gern, o Vélez, was Eunuchen
dort in jenem Hause suchen?
Antwort will ich dir drauf geben.
Schau: Juanas Mann starb eben.
Ein Kapaun kann krähend letzen,
kann sich auf die Henne setzen,
und du würdest ihr nicht passen,
schwängern will sie sich nicht lassen,
sie will eins: sich rasch ergetzen.

UN DELITO IGUAL SE REPUTA DESIGUAL SI SON DIFERENTES LOS SUJETOS QUE LE COMETEN, Y AUN LOS DELITOS, DESIGUALES

Si de un delito proprio es precio en Lido
la horca, y en Menandro la diadema,
¿quién pretendes, ¡oh Jupiter!, que tema
el rayo a las maldades prometido?

Cuando fueras un robre endurecido,
y no del cielo majestad suprema,
gritaras, tronco, a la injusticia extrema,
y, dios de mármol, dieras un gemido.

Sacrilegios pequeños se castigan:
los grandes en los triunfos se coronan.
y tienen por blasón que se los digan.

Lido robó una choza, y le aprisionan;
Menandro un reino, y su maldad obligan
con nuevas dignidades que le abonan.

DER KLEINE UND DER GROSSE DIEB

Am Galgen hängt nun Lido, weil er stahl.
Menandern wird für Ärgeres die Krone.
Und du, oh Jupiter, willst wie zum Hohne
noch donnern? Niemand fürchtet deinen Strahl!

Als Eiche würdest du im Winde klagen,
als Marmor würdest du vor Kummer stöhnen,
will man mit falschem Maß das Recht verhöhnen.
Doch bist du höchster Gott: du kannst's ertragen!

Der kleine Dieb wird nach wie vor gehenkt,
der große mit Triumphen reich beschenkt,
für rühmlich gelten seine Bubenstreiche.

Seht, Lido stahl – er mußte daran glauben.
Menander wird belohnt, denn ganze Reiche
beraubte er – und er wird weiter rauben.

A LESBIA

Sólo en ti, Lesbia, vemos que ha perdido
el adulterio la vergüenza al cielo;
pues tan claramente y tan sin velo
has los hidalgos güesos ofendido.

Por Dios, por ti, por mí, por tu marido,
que no sepa tu infamia todo el suelo;
cierra la puerta, vive con recelo;
que el pecado nació para escondido.

No digo yo que dejes tus amigos;
mas digo que no es bien que sean notados
de los pocos que son tus enemigos.

Mira que tus vecinos, afrentados,
dicen que te deleitan los testigos
de tus pecados más que tus pecados.

AUF EINE EHEBRECHERIN

(Nachahmung Martials)

Wie, Ehebruch betreibst du schamlos jetzt,
oh Lesbia, daß es zum Himmel schreit?
Die ganze Welt weiß über dich Bescheid,
wie lüstern du dem Manne Hörner setzt.

Bei Gott, bei dir und mir und deinem Gatten:
muß denn die ganze Welt dein Treiben sehen?
Schließ deine Tür, verhehle dein Vergehen,
die Sünde wächst im Tag nicht, nur im Schatten.

Ich sage nicht, du sollest deine Buhler lassen –
verstecke sie, was immer auch geschieht,
vor deinen wenigen Feinden, die dich hassen.

Die Nachbarn sind empört und sie verkünden,
das Böse seien gar nicht deine Sünden:
du wirst erst geil, wenn man dich dabei sieht!

VIEJA VUELTA A LA EDAD DE LAS NIÑAS

Para qué nos persuades eres niña?
¿ Importa que te mueras de viruelas?
Pues la falta de dientes y de muelas
boca de taita en la vejez te aliña.

Tú te cierras de edad y de campiña,
y a que están por nacer, chicota, apelas;
gorjeas con quijadas bisagüelas
y llamas metedor a la basquiña.

La boca, que fue chirlo, agora embudo,
disimula lo rancio en los antaños,
y nos vende por babas el engrudo.

Grandilla (porque logres tus engaños),
que tienes pocos años no lo dudo,
si son los por vivir los pocos años.

AUF EINE JUGENDLICHE ALTE

Uns willst du narren, du seist noch ein Kind,
Windpocken hielten dich in Quarantäne?
Nun ja, dem Säugling fehlen auch die Zähne,
die dir vor Alter ausgegangen sind.

Du Schöne möchtest wohl noch einmal zahnen,
du glaubst an deine Kindheit fest und stur?
Dein Zischeln will an Urgroßmütter mahnen,
doch heißt dein Unterrock dir »Windel« nur.

Der Vettelgeifer – ist er Kindertrenze?
Willst du dir auch den Schein von Jugend wahren:
dein Trichtermaul spricht gegen deine Lenze.

Doch sei's: wir glauben deinem Affentreiben
und zweifeln nicht an deinen wen'gen Jahren –
wenn man die zählt, die dir zu leben bleiben.

MÉDICO QUE PARA UN MAL QUE NO QUITA, RECETA MUCHOS

La losa en sortijón pronosticada
y por boca una sala de viuda,
la habla entre ventosas y entre ayuda,
con el »Denle a cenar poquito o nada«.

La mula, en el zaguán, tumba enfrenada;
y por julio un »Arrópenle si suda;
no beba vino; menos agua cruda;
la hembra, ni por sueños, ni pintada«.

Haz la cuenta conmigo, dotorcillo:
para quitarme un mal, ¿ me das mil males ?
¿ Estudias medicina o Peralvillo ?

¿ De esta cura me pides ocho reales ?
Yo quiero hembra y vino y tabardillo,
y gasten tu salud los hospitales.

ARZT, DER EIN ÜBEL ZWAR NICHT HEILT, DAFÜR ABER VIELE ANDERE VERSCHREIBT

Der Ringstein groß, dem Grabstein angemessen,
der Mund ein Witwenzimmer ohne Zier,
die Rede zwischen Schröpfkopf und Klistier:
»Gebt ihm nur wenig oder nichts zu essen!«

Sein schwarzes Maultier kündet Angst und Sterben.
Im Juli: »Wenn er schwitzt, so hüllt ihn ein!
Kein ungekochtes Wasser! Ja kein Wein!
Und keine Weiber! Das wär' sein Verderben!«

Ein Übel nimmst du, bringst mich in Gefahr
mit hundert neuen? Mach die Rechnung lieber:
Bist du als Arzt des Todes Kommissar?

Acht Groschen soll ich dir noch honorieren?
Ich will ein Weib, will Wein, will Scharlachfieber,
du magst im Hospitale dich ruinieren.

SALMO XVII

Miré los muros de la patria mía,
si un tiempo fuertes, ya desmoronados,
de la carrera de la edad cansados,
por quien caduca ya su valentía.

Salíme al campo, vi que el sol bebía
los arroyos del yelo desatados,
y del monte quejosos los ganados,
que con sombras hurtó su luz al día.

Entré en mi casa; vi que, amancillada,
de anciana habitación era despojos;
mi báculo, más corvo y menos fuerte;

vencida de la edad sentí mi espada,
y no hallé cosa en que poner los ojos
que no fuese recuerdo de la muerte.

MEMENTO

Ich sah des Vaterlandes Mauern an,
sie waren einst die mächtigsten von allen.
Im Schritt der Zeiten sind sie ganz verfallen.
Ich sah, daß Stärke auch nicht dauern kann.

Ich ging aufs Feld, dort sog die Sonne wieder
die erst vom Eis erlösten Bäche auf,
und auf der Weide zog das Vieh zuhauf
und klagte, denn vom Berg fiel Schatten nieder.

Ich trat ins Haus – und fand es voller Flecken,
Gerümpel lag darin, schon halb vergessen,
krumm war und schwächer nun mein alter Stecken,

ich sah den Degen ganz von Rost zerfressen,
und meine Augen fanden keine Stätte,
die mich nicht an den Tod erinnert hätte.

NACHWORT

FRANCISCO DE QUEVEDO Y VILLEGAS

»Wie ungerecht ist man mit Quevedo umgegangen! Er ist der interessanteste Dichter Spaniens ... Quevedo ist Spanien«.

Der das schreibt, halb resigniert, halb empört, ist kein Geringerer als Federico García Lorca. In der Tat war Quevedo bis vor kurzem nicht mehr als ein großer Namen, ganz anders als sein Gegner, Luis de Góngora, um den sich in diesem Jahrhundert die besten Philologen und Literaturhistoriker bemüht haben – die Bemühungen um Quevedo beginnen jetzt erst langsam spürbar zu werden, auch im deutschen Sprachraum (früher war er höchstens maskiert bekannt, »auf den deutschen Meridian visiert«, wie Moscherosch sich ausdrückt).

Zuerst die sogenannten »Tatsachen«:

Der am 17. September 1580 in Madrid geborene Sohn des Hofsekretärs Pedro Gómez de Quevedo und der Hofdame Maria de Santibáñez (noch lebt Philipp II.), wird nach Studien bei den Jesuiten und auf den Universitäten von Alcalá de Henares und Valladolid eine der Schlüsselfiguren in den damals zu Spanien gehörenden Königreichen Sizilien und Neapel, obgleich er nur aus kleinem Adel stammt und so etwas ist wie die rechte Hand des Vizekönigs, des Herzogs von Osuna. Er beginnt seine politische Laufbahn als Spion, steigt rasch zum Sondergesandten auf; er reist von Palermo an den Hof nach Madrid, verhandelt mit dem König, dem dritten Philipp; er besticht die wichtigsten Persönlichkeiten, und Osuna wird, nicht zuletzt durch Quevedos Geschick, Vizekönig in Neapel. Etwas später wird der Dichter zur Belohnung für seine Dienste zum Ritter des Ordens vom heiligen Jakobus ernannt (obwohl er damals Geld dringender gebraucht hätte). Er verhandelt mit dem Papst und sucht ihn gegen die damals die Adria beherrschenden Venezianer einzunehmen. Als Osuna gestürzt wird, kommt Quevedo in die Klosterburg Uclés in harte Haft und wird dann nach seinem Herrschaftssitz La Torre de Juan Abad, einem Dorf am Fuß der Sierra

Morena, verbannt. 1621 kommt Philipp IV. an die Macht; die Reformmaßnahmen der neuen Regierung, die den Niedergang des Weltreiches aufhalten sollen, finden zuerst Quevedos ungeteilten Beifall, und der nun allmächtige Favorit, der Graf-Herzog von Olivares, wird auf ihn aufmerksam. Der kluge Olivares sucht den gefährlichen Satiriker für sich zu gewinnen, und Quevedo läßt sich gewinnen: der nun Fünfzigjährige ist noch immer vom guten Willen der Regierung überzeugt. Aber nun treten andere Mächte immer deutlicher an die Stelle Spaniens, vor allem Frankreich, und der große Richelieu ist seinem Gegenspieler Olivares offenbar weit überlegen. Der vierundfünfzigjährige Quevedo, der immer als Frauenfeind gegolten hat, heiratet überstürzt, verläßt aber seine Frau nach knapp drei Monaten – sie wird in seinem riesigen Werk mit keinem Wort erwähnt. Im letzten Jahrzehnt seiner Tätigkeit wendet er sich immer mehr vom Hof ab; seine Angriffe gegen die Regierung, die natürlich nur anonym, in Form von Gedichtabschriften, vorgetragen werden können, mehren sich und werden immer schärfer. Am 7. Dezember 1639 wird er verhaftet. Ob es ein unter der Serviette des Königs liegendes, äußerst scharfes Memorial, als dessen Autor sofort Quevedo genannt wird, ob es ein anderes Gedicht von ihm war, das den König und vor allem Olivares so aufbrachte, ist nicht ganz klar. Quevedo wird nach dem Kloster San Marcos in León gebracht und dort dreieinhalb Jahre in einem feuchten Kerker festgehalten. Die Nachricht von seiner Haft geht durch ganz Europa. (Schon in der Vorrede zum »Anderen Theil der Gesichte Philanders von Sittewalt«, in der Frankfurter Raubausgabe von 1644, heißt es: »Aber / weil er das Maul an seinem höchsten ort zu weit auffgethan / in harter Gefängnuß gehalten«). Als er fünf Monate nach dem Sturz von Olivares entlassen wird (Juni 1643), ist er gebrochen. Er versucht, sich zu erholen, glaubt immer wieder, gesunden zu können, ist tätig bis ans Ende, aber ein harter Winter, der letzte seines Lebens, zehrt die noch übrige Kraft auf; der gemarterte Körper siecht dann noch einige Zeit hin: Quevedo stirbt am 8. September 1645 in Villanueva de los Infantes mit 65 Jahren.

Sein Leben ist gut bezeugt: bis jetzt sind an die 200 Dokumente im eigentlichen Sinn bekannt, vom Taufschein bis zum Testament; dazu kommen fast 300 Briefe von, an und über Quevedo, und auch das Werk enthält eine Fülle biographischer Nachrichten. Aber trotz aller Dokumente wissen wir kläglich wenig von ihm. Er selbst ist in schriftlichen Äußerungen eher zurückhaltend; er verschleiert wohl auch die eine oder andere Tatsache; dafür machen gesalzene Aussprüche von ihm die Runde oder werden ihm angedichtet; boshafte Bemerkungen werden in Madrid mit Vergnügen aufgegriffen, einer Stadt, in der es von Müßiggängern brodelt; die Anekdoten, ob wahr oder falsch, verwischen sein Bild noch mehr; das Volk erzählt sich von ihm Geschichten, die u.a. schon vom Vergil des Mittelalters, dem Propheten, Zauberer und unglücklichen Liebhaber berichtet wurden, dem nun Quevedo verdächtig ähnlich wird, auch er Prophet, Zauberer und unglücklicher Liebhaber, nur für das 17. Jahrhundert umstilisiert. Weder Cervantes noch Calderón oder der große Tirso, nicht einmal Lope de Vega, dessen Leben so leicht in die gängige Münze der Anekdotenerzähler umzuprägen gewesen wäre, haben uns diesen Wust an Legenden hinterlassen.

Vom legendären Quevedo abgesehen, darf man mit aller Vorsicht sagen: er war nicht nur neben Lope de Vega und Cervantes der populärste Dichter des 17. Jahrhunderts in Spanien, er war auch der gelehrteste. Hier tritt dem Leser ein universaler Geist entgegen: nimmt man das Werk, so hat ihn kein anderer spanischer Autor in der Vielfalt der Schriften übertroffen: philosophische, religiöse, moralische, historische, satirische Werke, Schauspiele, Zwischenspiele, Streitschriften, ein Roman, Biographien, Übersetzungen, Homilien, Invektiven, Kommentare zu anderen Werken usw. – es sind an die hundert Titel, und dazu kommen an die tausend kleinere und größere Gedichte bis zum satirischen Epos. Die Spannweite dieser Schriften ist erstaunlich: sie reicht von den seinerzeit überaus beliebten, knappen »Annalen über vierzehn Tage« bis zu der für das 17. Jahrhundert so bezeichnenden, weitangelegten Schrift: »Politik Gottes, Herrschaft Christi und Tyrannei Satans«, vom »Leben des heiligen Paulus« bis zur zynischen Vita des Erzspitzbuben Pablos aus Segovia, von den frommen »Tränen eines Büßers« bis zu den grausamen Passagen in vielen seiner Werke.

Er maß immer die jämmerliche, wenngleich höchst farbige Wirklichkeit Spaniens an seinen Träumen – daher so oft seine Bissigkeit, daher die Satire. Er war so etwas wie ein christlicher Stoiker, sein Lieblingsautor Seneca, und es gab für ihn nur eine unbezweifelhafte Wahrheit – den Tod. Trotzdem tummelte er sich höchst geschickt im Leben, und er hat wie kein anderer den Barock in allen seinen Facetten widergespiegelt. Manchmal ist etwa Trockenes, Frostiges in seinem Werk zu spüren (als Mensch war er der beste Freund, der unerbittlichste Feind), auch eine gewisse Unfähigkeit zur Freude: aber Stoa wie Christentum haben ihm jedenfalls in der Zeit der Verfolgung und im Kerker ein unerträgliches Leben und dann ein langes Sterben leichter gemacht.

Trotz seiner bösen Erfahrungen, trotz aller gegen die Regierung gerichteten Gedichte war er keineswegs der Vorkämpfer für politische oder gar religiöse Freiheit, als den man ihn hinstellen wollte: er war ein Mensch seiner Zeit; er stand auf der Seite der absoluten Macht – noch im Kerker glaubt er, daß sie von Gott eingesetzt sei. Aber er hoffte von ihr das Beste; er glaubte mit bewundernswerter Hartnäckigkeit an Recht und Gerechtigkeit: er empfand für die Schwachen und Armen so viel Sympathie, als er für Menschen überhaupt aufbringen konnte, kurz, er war, mit allen seinen Schwächen, ein für seine Zeit höchst mutiger Mann.

Das ist der Eindruck, den man aus seinem Werk erhält: ein Hastiges, Lautes, ein Unermüdliches, Unersättliches, Gieriges zuerst. Manchmal ein Sich-gehen-Lassen. Widersprüche.
Ein Mensch von großer, oft bestürzender Angriffslust. Blitzschnelle Reaktion. Ein nicht zu brechender Mut. Dann treten

Kälte und Zynismus, die von Anfang an vorhanden waren, stärker hervor. Der erste Eindruck ändert sich immer mehr: etwas Lastendes, Bohrendes ist besonders in den größeren Schriften zu spüren, eine Verdrossenheit, Übereifer, der diesen Mißmut verbergen soll. Dann menschenfeindliche Resignation, die nur Wenige ausnimmt. Zuletzt übergroße Erschöpfung angesichts des Todes, Angst, auch Verzweiflung, heroisch heruntergespielt.

Vervollständigt man das Bild nach seiner Leiblichkeit hin: er war mittelgroß, etwas dicklich, hatte blondes, gekräuseltes Haar, das ihm auf die Schultern fiel; Schnurrbart und Fliege, so kurzsichtig, daß er gezwungen war, einen Zwicker zu tragen (den das Volk nach ihm »quevedos« nannte – das Wort ist noch heute im Gebrauch), etwas hinkend, denn beide Beine waren leicht verkrüppelt und nach innen verdreht. So sah einer der größten Dichter und Satiriker der Weltliteratur aus. Seine körperlichen Gebrechen waren dabei besonders wichtig; nicht nur Góngora, auch viele andere seiner Feinde hörten nicht auf, darüber in Prosa und Vers zu spotten.

BIOGRAPHEN, HERAUSGEBER, ÜBERSETZER

Quevedo hatte auch nach seinem Tod wenig Glück, bis vor relativ kurzer Zeit.

Sein erster Biograph, der italienische Geistliche Tarsia aus Conversano, kannte ihn nicht mehr, dafür aber viele Freunde des Dichters, und er war entschlossen, wie Plutarch, einen Helden aus ihm zu machen. Ihm verdanken wir eine Fülle von Anekdoten und Geschichtchen, die durch nichts bewiesen, wenn auch manchmal gut erfunden sind. Und das ging in Spanien weiter bis auf Astrana Marín und den bedeutenden Dichter Gómez de la Serna, der in seinem »Quevedo« (1953) alle diese Histörchen aufwärmt und für Historie ausgibt. Warum auch nicht? Es ist vielleicht typisch, daß die bislang beste Arbeit, die von Ernest Merimée, aus dem Jahre 1886 stammt, also fast hundert Jahre alt ist. Und Merimée war vieles nicht bekannt, was wir heute als selbstverständlich voraussetzen.

Mit den Herausgebern war es nicht besser bestellt. Quevedo hat selber viele Prosaschriften zum Druck freigegeben – aber den Unsinn, den die Buchdrucker, die damals ja gleichzeitig Verleger und Buchhändler waren, oftmals in den Text trugen, konnte er nicht verhindern. Dazu kommen Raubdrucke, die die Texte noch mehr verunstalten. Hier interessieren uns natürlich in erster Linie die Gedichte: bei ihnen ist die Lage noch verworrener. Obwohl seine erste Poesie bereits 1599 im Druck erschien, liefen die meisten als Manuskripte in verschiedenen Fassungen um, und bevor Quevedo sie sammeln konnte, starb er. Drei Jahre nach seinem Tod begann sein Freund, der Buchdrucker Joseph Antonio González de Salas die Gedichte unter dem höchst umständlichen Titel »Der spanische Parnaß, geteilt in zwei Gipfel, mit den neun kastilischen Musen, worin enthalten sind Poesien von ...« zu sammeln. González ist für damalige Begriffe erstaunlich genau; manchmal gelingt es ihm sogar, einen sehr zerstörten bzw. zerredeten und zersungenen Text zu retten. Aber er konnte nur die ersten sechs »Musen« publizieren; er griff oft in Texte ein, »verbesserte« sie auch, fügte Strophen und Verse geschickt hinzu, was, das ist nicht immer klar. Nach seiner Angabe im Vorwort wurde nicht ein Zwanzigstel der Verse gerettet, was einigermaßen unglaublich zu sein scheint, denn die Masse der Gedichte ist auch jetzt noch erstaunlich groß. Nach seinem Tod im Jahre 1651 führte der Neffe Quevedos, Pedro Aldrete Quevedo, die von González begonnene Aufgabe fort; er publizierte 1670 »Die drei letzten kastilischen Musen. Zweiter Gipfel des spanischen Parnaß ...« Zwar greift er in die Originale nicht ein, aber er schreibt Quevedo eine Menge von Gedichten zu, die ihm nicht gehören; das blieb dann fast dreihundert Jahre so. Luis Astrana Marín nannte seine Ausgabe 1952 »Edición crítica«, aber sie war nicht nur nicht kritisch, sondern ließ die primitivsten Erfordernisse einer anständigen Edition vermissen. Erst 1963 veröffentlichte José Manuel Blecua den ersten Band einer Ausgabe, der zwar der kritische Apparat fehlt, die aber als erste mit großer, zufriedenstellender Sorgfalt gemacht ist. Und 1967 gab James O. Crosby seine Untersuchungen »En torno a la poesía de Quevedo« heraus, u.a. eine Chronologie von etwa 300 Gedichten.

Und die Übersetzer? In Deutschland wurde Quevedo zuerst über das Französische des Sieur de la Geneste gekannt, der wohl kein anderer gewesen ist als Paul Scarron, der Autor des »Roman comique«, und Moscherosch hielt sich im ersten Teil seiner »Gesichte Philanders von Sittewalt« (1640) an diese Übersetzung. Scarron übersetzte die »Sueños«, die »Träume« Quevedos, sein berühmtestes satirisches Werk. Was Scarron nicht versteht, läßt er einfach aus. Moscherosch ist ihm da ganz ausgeliefert. Er schwemmt die französische Vorlage unterschiedlich stark auf, kehrt aber immer wieder zum Text zurück, und es ist amüsant zu beobachten, wie manchmal ganze Passagen so klingen, als wären sie direkt aus dem Spanischen übersetzt worden – amüsant auch, die Wandlungen eines Originals durch zwei Sprachen hindurch beobachten zu können. Aus dem Spanischen übersetzt wurden die »Träume« und »Die Fortuna mit Hirn«, das zweite große satirische Werk, erst 1966 vom Schreiber dieser Zeilen.

Nicht viel anders erging es dem großen Gaunerroman »El Buscón«. Eine gute Übersetzung, die von Keil, lag erst 1826 vor; in unserer Zeit haben Herbert Koch 1956 und H. C. Artmann den Roman 1963 ins Deutsche übertragen.

Von den Gedichten wurde bisher nur das eine oder andere übersetzt, so von Voßler und Grossmann. Der Grund ist leicht erklärt: Quevedo ist, ob in Prosa oder in Versen, eminent schwer zu übersetzen; der Übersetzer, der sich mit ihm einläßt, kommt erst im Lauf seiner Arbeit darauf, welche Klötze er aus dem Weg räumen muß.

Quevedos Werk geht, wie gesagt, manchmal bis an die Grenze des Verständlichen. Der Dichter ist der Wortführer des *conceptismo* und tritt schon dadurch in scharfen Gegensatz zu seinem Zeitgenossen Góngora, dem wichtigsten Vertreter des *culteranismo*. Die Feindschaft beider Dichter wäre schon aus diesem Umstand erklärt.

Culteranismo und conceptismo – die wichtigsten Stilrichtungen und Manierismen des spanischen Barock. Das literarische Manifest des culteranismo ist der »Libro de la erudición poética« des 1610 in jungen Jahren verstorbenen Luis Carillo y Sotomayor. Die Dichtung soll sich danach an die »gente culta«, die »cultos« richten, also an die Gebildeten im Unterschied zu den Barbaren. Sie wendet sich an eine Minderheit, ist elitär und bewußt dunkel: die eigentlich poetische Sprache muß erst vom Dichter geschaffen werden. Die Bedeutung einzelner Wörter kann nach Belieben verändert werden, Substantiva abstrakten Sinnes wechseln das Geschlecht, veraltete Wörter werden wieder eingeführt, dazu kommen Neologismen sowie Gräzismen und Latinismen. Der Wortschatz wird gewaltsam vermehrt. Dafür werden, wo es tunlich erscheint, Adjektiv wie Infinitiv, Artikel wie Verb unterdrückt. Der Satzbau nähert sich dem Lateinischen an; die Bilder sind sehr oft gesucht. Ein Vers Góngoras etwa heißt: »deste, pues, formidable de la tierra – bostezo el melancólico vacío«. Man muß die einzelnen Glieder erst ordnen, um den Satz zu verstehen: »el vacío melancólico deste bostezo formidable de la tierra« – »Die melancholische Leere dieses schrecklichen Gähnens der Erde«. Und dann muß der Leser erst noch erraten, worum es sich handelt: um eine Grotte. Wollte man diese Hyperbata, diese Satzumstellung oder -verdrehung, genau nachbilden, müßte es heißen: »Dieses schrecklichen der Erde – Gähnens die melancholische Leere.« Dazu kommen abenteuerliche rhetorische Figuren, mythologische Anspielungen häufen sich – Dichten ist, wie Carrillo sagt, eine Angelegenheit der »plumas muy doctas«, »der höchst gelehrten Federn«. Es geht also Góngora und seiner Schule um Musik, um Klang, und da gelingen sehr oft wunderschöne Verse, die man allerdings nicht in Prosa übersetzen darf. Góngora ist, wie Quevedo, so gut wie unübersetzbar.

Das Wort »conceptismo« scheint zuerst im »Discurso poético« von Juan de Jáuregui, Madrid 1623, bewußt angewandt worden zu sein. Danach steht der Begriff (concepto) über dem Wort, der Gedanke über dem Ausdruck. Auch Jáuregui will eine Dichtung für eine Minderheit. Der conceptismo lebt vor allem durch den knappen, manchmal schon hermetischen Stil, durch Andeutungen und Wortspiele – und gerade diese Wortspiele, die manchmal ununterbrochen aufeinanderfolgen, machen eine Übersetzung Quevedos zu einer so sauren und haarigen Aufgabe.

Jáuregui umreißt in seinem »Discurso« den Unterschied zwischen conceptismo und culteranismo mit einem Satz, der sich gegen die cultos richtet. »Sie glauben wirklich«, ruft er unwillig aus, »daß Dichtung nicht logische Sprache und scharfgefaßter Begriff ist, sondern nur rauschender Klang!« Das Kryptische, Geheimniskrämerische im conceptismo bleibt ihm nicht verschlossen, aber er trennt ziemlich genau: »Demnach gibt es also bei den Autoren zwei Arten der Dunkelheit, höchst verschieden voneinander: die eine rührt von den Worten her, das heißt, sie kommt aus Anordnung und Art der Rede und liegt allein im Stil; die andere hingegen in der Sentenz, das heißt in der Materie, dem Stoff, den Begriffen und Gedanken. Diese Art der Dunkelheit – wir nennen sie besser ›Schwierigkeit‹ – ist meistenteils zu loben, denn die Bedeutung eines Stoffes bringt es mit sich, daß man nicht in gewöhnlicher Weise und allen offenbar daherrede, sondern verschlüsselt und schwierig ... Aber die andere Dunkelheit, die nur aus den Worten kommt, ist und wird ewig verabscheuenswürdig sein.«

Der Konzeptist schätzt das witzige Wortspiel, doch spielt er nicht mit Worten um ihres Klanges willen. Sentenziöser

Ausspruch, ein gewisser Lakonismus stehen im Vordergrund. Daneben wird man bei Quevedo immer wieder große Sorglosigkeit, ja Schlamperei im Ausdruck finden – und noch häufiger verfällt er in den »tono culto«, den er Góngora so sehr ankreidet – wie denn auch Góngora keineswegs frei von konzeptistischen Wendungen ist, vor allem in seinen Sonetten.

QUEVEDO UND GÓNGORA

Für die Feindschaft hätte es also bereits genügt, daß beide Dichter zwei verschiedenen literarischen Schulen angehörten. Dazu scheint gekommen zu sein, daß Góngora, der »Landfremde« (er stammte aus Córdoba), 1603 an den Hof kam, der sich damals in Valladolid aufhielt, und nicht genug über die Stadt, den Fluß Pisuerga, die Verhältnisse in Kastilien in Sonetten und anderen Formen spotten konnte. Das erste Gedicht war noch vergleichsweise harmlos, aber Quevedo, dem das Landstädtchen auch nicht sehr gefiel, scheint den Angriff krumm genommen zu haben. Góngora war damals schon ein berühmter Dichter; er war Priester und Inhaber einer Pfründe der Kathedrale von Córdoba – aber bekannter noch als leidenschaftlicher Besucher von Stierkämpfen und als Kartenspieler. Quevedo, damals Student der Theologie, rieb ihm gerade das unter die (lange) Nase, er schlug scharf zurück, und damit begann eine literarische Fehde, die immer schärfer wurde.

Es war unausbleiblich, daß sich in einer so wichtigen Sache Parteien bildeten: Lope de Vega, der Gegner Góngoras, wurde der Freund Quevedos, dessen Namen immer mehr Glanz bekam. Immer mehr Dichter nahmen Partei. Quevedo spottet über die Glatze und die lange Nase Góngoras, die ihm Zeugnis ist für Góngoras jüdische Abstammung (G. entstammte einem alten, begüterten Geschlecht); und Góngora macht sich über den zwickertragenden und hinkenden Quevedo lustig.
Quevedo gibt 1609 seinen »Anacreón castellano« heraus; was

er wirklich übersetzt, ist natürlich nicht Anakreon, es sind die Anakreonteen; das kann er natürlich nicht wissen, damals hielt man diese kleinen Gedichte für Schöpfungen Anakreons. Es sind recht wirkungsvolle, wenn auch sehr freie Übersetzungen; aber vor allem die Gelehrsamkeit der Kommentare ist höchst windig; Griechisch konnte er keineswegs so gut, wie uns das sein Biograph Astrana Marín glauben lassen möchte, und auch die Übersetzung war leicht anzugreifen. Góngora fiel mit Wonne darüber her in einem Sonett, dessen erstes Quartett und dessen Terzette ich hier in Prosa wiedergebe: es zeigt, mit welcher Meisterschaft Góngora sich auch des konzeptistischen Stils zu bedienen wußte:

»Spanischer Anakreon [Anspielung auf obszöne Verse Quevedos], niemand stößt auf Euch, der nicht sehr höflich sagt, daß Eure Füße [auch Versfüße] elegisch sind [de elegía, Hexameter und Pentameter bezeichnen hier das Hinken, man kann aber, mit einer Elision, auch lesen: de legía, die Anspielung auf die Bissigkeit Quevedos] ... Eure Laune [antojos, auch anteojos, der Zwicker] sagt uns, sie wolle den Griechen mit besonderer Sorgfalt übersetzen, den Eure Augen [ojos] nicht gesehen haben. Borgt sie [die Brillen] ein Weilchen meinem Arschloch [ojo ciego, blindes Auge], damit ich gewisse schwache Verse ans Licht ziehe, und Ihr werdet dann jeden Unsinn verstehen.« [Also ein Spiel mit den Worten pies, ojos, anteojos; der Leser sieht: so witzig so etwas im Original klingen kann, so frostig wird es in der Übersetzung].

Und darauf fuhr Quevedo mit schwerem Geschütz auf und antwortete mit dem hier abgedruckten Sonett: »Mit Speck will ich dir meine Verse salben ...« Erst als Quevedo nach Sizilien und später nach Neapel kam, wuchs langsam Gras über diesen Streit, der heute noch so erquicklich ist, wie eben ein scharfer, ehrlicher Zank erquicklich sein kann.

DIE GEDICHTE

Die ersten Versuche unternahm Quevedo wohl noch in Madrid. Der Student in Alcalá, später in Valladolid, ist bereits ein bekannter Dichter. 1603 werden mehrere Gedichte von ihm, die handschriftlich herumlaufen, in eine der damals so beliebten Anthologien aufgenommen. Er selbst hat sich nie um den Druck seiner Gedichte bemüht, und als er viel später, 1632, an eine Sammlung und Ordnung dachte, war es zu spät.

So besitzen wir von vielen Gedichten mehrere Fassungen, und es ist keineswegs immer zu erkennen, welches die letzte Fassung ist, auch nicht, welche von ihm stammt, welche überarbeitet wurde von fremden Händen. Besonders bei dem von Quevedo so vorgezogenen Sonett ist das fraglich: Verse können hier leicht untereinander ausgetauscht, verändert, mit neuen Reimen versehen werden. Vieles ist unecht, wird Quevedo nur zugeschrieben: aber die Arbeit, dies aufzuklären, ist erst im Gang; der Übersetzer muß sich häufig auf sein gutes oder schlechtes Gefühl verlassen.

Immerhin: die Gedichte allein geben ihn ganz wieder. Der Reichtum an Themen wie an Formen ist erstaunlich. Es ist der Reichtum ganzer Literaturen in der Renaissance und im Barock. Die Beherrschung des Verses und der Form verblüfft: es scheint, als hätte es nichts gegeben, was der Dichter nicht in Verse hätte bringen können. Das Liebesgedicht, die Hymne, Trauerklagen, die satirische und die religiöse Poesie – alles scheint ihm gleich leicht von den Lippen zu gehen, und ein Arsenal mythologischer Kenntnisse und närrischer, manchmal auch grausamer Einfälle steht ihm zu Gebot, und er wirft sie dem Leser im geeigneten Augenblick hin.

In vielen Gedichten wird dabei eine uralte europäische Tradition spürbar: das betrifft vor allem die Themen in den satirischen Gedichten, in den Liebespoesien Petrarca und den Platonismus. Hier tauchen die uns aus der Barocklyrik längst bekannten Namen auf: Amarili, Flori, Filis (nur hier und da heißt eine Schöne schlicht etwa Antonia), vor allem aber Lisi. Quevedo preist in gewagten Bildern ihre Schönheit, solange sie lebt; und als sie stirbt (ist sie wirklich gestorben?) dichtet er im gleichen flinken Ton fort; die Klage, daß er selber noch lebe und nur das Leben ihn daran hindere, sie in der Glorie zu sehen, ist völlig unglaubwürdig, ist fast Dutzendware, wenn auch überaus elegante. Damit erledigt sich auch die Frage, wer denn Lisi wirklich war, von selbst. Nach diesen Gedichten ist das uninteressant: Lisi ist ein flackernder Schatten, den Quevedos Feder an die Wand wirft, nicht viel mehr. Die wenigsten seiner Gedichte sind »Konfession«.

Der Unterschied zwischen spanischem und deutschem Barock liegt nicht so sehr in der Grundstimmung, auch nicht in der Themenstellung, sondern im Sprachlichen selber. Die Erfindung neuer Vokabeln, die Zusammenfügung bisher nie gehörter Ausdrücke, die Entdeckung und Einführung überaus heikler Versmaße wirken im Spanischen viel ungekünstelter als im Deutschen, das sich nach Opitz gewöhnlich mit dem Alexandriner behilft. Welch eine Überfülle an Formen dagegen im Romanischen! Dazu kommt für den Leser von heute das andere Tempo der Sprachentwicklung: das Spanische verändert sich bedeutend langsamer als das Deutsche; der spanische Barockdichter steht dem Leser von heute sprachlich viel näher; Ausdruck und Form wirken im Spanischen ungleich zeitgemäßer.

Das scheint auch seine Nachteile zu haben, wie man an den Lisi-Gedichten zu sehen meint: wo etwa bei dem um eine Generation jüngeren Gryphius in der unbeholfenen, starren, künstlichen Form des Alexandriners das Gefühl sich krass, aber überaus ehrlich und rein ausdrückt, scheint es bei Quevedo so zu sein, daß Gefühle durch ein völlig selbstverständliches, elegant ausgedrücktes, virtuoses Formtalent wegeskamotiert werden. Wie steif, wie karg und hölzern erscheinen die besten Deutschen, wie wehrt sich das Deutsche gegen die fremde Form, gegen Klangexperimente, wie leicht gelingt das alles im Spanischen!

Sieht man aber genauer zu, muß man gestehen, daß in beiden Sprachen Außerordentliches geleistet wird – nur ist die persönliche Aussage im deutschen Gedicht nackter, unmittelbarer, im Spanischen versteckter. Blättert man die einzelnen »Musen« Quevedos genauer durch, kann man zwar von Lob- und Trauergedichten fast ganz absehen – nur die Gedichte auf den Tod Osunas berühren noch –, aber in den Liebesgedichten trifft, trotz des stark hervortretenden Tones Petrarcas, der eine oder andere Vers, auch bei den religiösen Gedichten. In den »Poesías morales« stößt der Geduldige immer wieder auf Gold: diese Gedichte kreisen um die Vergänglichkeit des Lebens, seine Nichtigkeit; sie sprechen das eigentliche, große barocke Thema aus, sprechen unmittelbar an, können auch wohl erschüttern. Interpretiert man das Gedicht: »Ich sah die Mauern meines Vaterlandes« richtig, so ist unter Vaterland (patria) nicht nur das irdische, sondern auch das himmlische Vaterland zu verstehen. Und dazu kommen die vielen Romanzen, die burlesken und satirischen Strophen, die Letrillas, Gedichte mit einem bestimmten Kehrreim, der meistens eine Redewendung ist. Sie gehören zum Besten, was die spanische Literatur aufzuweisen hat, ja, ich kenne in der ganzen Weltliteratur keine besseren (und manchmal bösartigeren) satirischen Strophen. Quevedo sucht nie den Witz; er hat ihn.

Lope de Vega hat ihn einmal »Fürst der Lyrik« genannt – das möchte nicht viel besagen, denn Lope war immerhin sein Freund, und damals lobte man so gern wie man schimpfte. Aber es besagt vielleicht doch mehr: denn Lope war selber der wohl bedeutendste Lyriker des 17. Jahrhunderts, ein jeder Anregung, jedem zarten Gefühl aufgeschlossener, lebensfreudiger, nobler Mensch – Quevedo ist da ungleich schärfer, pessimistischer. Der dritte große Lyriker des 17. Jahrhunderts, eben Góngora, der von literarischem Ehrgeiz verzehrt war, der das Gedicht auch deswegen künstlich hochtrieb, ist ungleich eingeschränkter, aber er hat zweifellos auf die moderne Lyrik am stärksten gewirkt, vor allem durch seine

»Soledades«. Quevedo ist viel reicher, farbiger, auch schlagkräftiger und vielleicht, in seiner metaphysischen Angst, der modernste von allen.

DIE THEMEN

Wer die hier vorgelegten Gedichte liest, dem wird sofort auffallen: fast alle haben sie einen Zug ins Epigrammatische; sie behandeln Themen, die in der europäischen Literatur seit eh und je da waren. Es geht in vielen Gedichten wie in den »Träumen« um den Mann, der seine Frau verkauft, also den Zuhälter, um Gehörnte, um untreue Weiber oder solche, die sich schminken, um Wirte und Kaufleute, Schneider und Barbiere, Ärzte, Richter und Schreiber, dazu immer wieder um Pastetenbäcker und Poeten, daneben auch, und das ist eher kurios, um Linkshänder, Rothaarige und Langnasige. Natürlich gibt es bei den einzelnen Völkern eine gewisse Auswahl der Themen: so insistiert Quevedo in seinen Satiren neben den hier bereits genannten Figuren etwa auf den Pläne- und Projektemachern, einer Landplage im Spanien des 17. Jahrhunderts, während der Deutsche Moscherosch den Dreißigjährigen Krieg und seine Figuren, vor allem aber das A-la-mode-Unwesen viel mehr hervorhebt.

Die Witzelei auf eine lange Nase war etwa eines dieser vorgegebenen Themen. Wenn man von der griechischen Anthologie, Martial, dem Mittelalter ganz absieht, aber auch von Franzosen, Engländern, Italienern etc., und nur die Gedichte nimmt, die Deutsche im 17. Jahrhundert geschrieben haben, kommt allein schon eine staatliche Zahl zusammen: von Georg Rudolf Weckherlin, Ernst Christoph Homburg, Simon Schultz, der sich sehr bündig ausdrückt:

Von Tongilian:

Du hast wohl eine Nas', ich weiß, Tongilian:
Mehr aber als die Nas' hastu nicht umb vnd an.

Natürlich fehlt da auch Logau nicht. Und das kann man durch die Jahrhunderte verfolgen. Der fruchtbarste der Nasologen war sicher Johann Christoph Friedrich Haug (1761 bis 1829). Schon 1804 erscheinen, unter einem Pseudonym und ohne Angabe des Ortes, seine »Hundert Hyperbeln auf Herrn Wahls große Nase«, die dann bis 1822 auf zweihundert Hyperbeln vermehrt werden. Es ist sehr schwer, einer Hyperbel, das heißt einem Epigramm, die Krone zuzuerkennen; eines ist witziger als das andere. Eines der besten ist jedenfalls die Anspielung auf ein Gedicht Schillers:

»Sprich, bis wohin die Nase geht?« –
Euch belehrt ein großer Poet:
»Bis dahin, wo kein Hauch mehr weht,
Wo der Markstein der Schöpfung steht«.

Und das geht dann bis auf unsere Zeit herauf, bis zu Wilhelm Busch und Morgenstern, ja zu verschiedenen nicht ganz zimmerreinen Limericks und zur Nonsense-Dichtung.

Die Originalität liegt also nicht so sehr im Thema selbst, sondern darin, wie das Thema behandelt wird. Quevedo benützt dafür alle möglichen Strophenformen, vorzüglich aber die Dezime und das Sonett. Daß hier nur fünf Dezimen gedruckt werden, sonst aber fast nur Sonette, ist leicht zu erklären. Quevedo hat fast tausend größere oder kleinere Gedichte geschrieben; ungefähr die Hälfte davon sind Sonette. Er behandelt diese Form virtuos, fast möchte man sagen: mit der linken Hand, und die spanische Sprache kommt ihm dabei sehr entgegen. Er verwendet das Sonett für jedes Thema, für das religiöse Gedicht wie für die poemas amorosas und für saftige Invektiven. Natürlich hat das Folgen: wo ein Epigramm häufig aus zwei Zeilen besteht, sind im Sonett vierzehn zu füllen; ein Gedanke reiht sich an einen ähnlichen; es kommt dabei zu einer Aufzählung, die womöglich bis zum Ende des Gedichtes gesteigert werden sollte.

Für Opitz hätte das Sonett nicht für ein Epigramm getaugt, wenn er sagt: »... die kürtze ist seine eigenschafft / und die spitzfindigkeit gleichsam seine Seele«. Meister gab es 70 Jahre später schon billiger, und bemüht sich noch Lessing um eine Theorie des Epigramms, so lassen die epigrammatischen Formen bei Morgenstern, Kästner, Brecht usw. eine klare Definition überhaupt nicht mehr zu. (Wenigstens hier sollte man einmal auf die in den Alpenländern üblichen »Marterln« verweisen, die ja nicht immer komisch sind und die der ursprünglichen Gestalt des Epigramms am nächsten kommen: der Aufschrift.)

ZUR ÜBERSETZUNG

Es scheint im großen und ganzen zwei Möglichkeiten des Übersetzens zu geben: das Original zu »verdeutschen«, also zum Leser hin zu übersetzen, so, daß vor allem die Wirkung des Originals nicht verloren geht – oder die Übersetzung zu »verspanischen«, »verenglischen« etc., also so zum Autor hin zu übersetzen, daß Inhalt und Form, Reihenfolge der Gedanken, ja vielleicht sogar der fremde Satzbau einigermaßen gewahrt bleiben. (Herder redet sogar davon, man müsse den Ton, den Hauch des Originals bewahren.)

Merkwürdig nur, daß niemand bisher die großen Theoretiker des Übersetzens, die häufig auch große Praktiker waren, daraufhin untersucht hat, wieweit sie sich an die eigenen Theorien gehalten haben!

So übersetzt etwa Herder aus dem Grönländischen auf dem Weg über das Lateinische, aber höchst wirkungsvoll, und der Ton, der Hauch ist ganz Herder!

Auch Goethe hatte seine Theorie (die auf Novalis und Gerstenberg zurückgeht), aber er hat ein einziges Mal »zum Autor hin« übersetzt: die Ode »Der fünfte Mai« von Manzoni. Sonst hat er alles ergriffen und so ins Deutsche, ins Goethische übersetzt, daß man an den Übertragungen sogar ungefähr die Zeit ihrer Entstehung ablesen kann.

Aber Übersetzen ist nicht nur die nach sprachlichen Gesichtspunkten zu beurteilende Umsetzung eines Werkes aus einer Sprache in die andere, sondern auch ein Dokument, ein Zeugnis für die Wirkung eines Originals im Übersetzer. Auch widersprechen sich nicht der Zwang, dem Autor und seiner Wirkung zugleich gerecht zu werden. Gibt man die Wirkung auf, wird man auch dem Autor (und dem Leser) nicht gerecht. Beide obengenannten Positionen sind Schein-Positionen.

An einem Beispiel sei illustriert, wie dies gemeint ist, am hier abgedruckten Nasensonett Quevedos.

Der entscheidende Gedanke wird in der ersten Zeile ausgesprochen: »Es war ein Mann, der hing an einer Nase.« Und nun beginnen elf Zeilen von vierzehn mit dem berühmten »érase«.

So beginnen auch die spanischen Märchen: »Erase una vez«, oder mit dem sprachlich unsinnigen »érase que era«. Dieses »es war« oder »es war einmal« ist also beizubehalten.

Alles Folgende ist Ausführung, Aufzählung. Und nun geht alles darum, ob die Vergleiche witzig sind oder nicht.

Und sie sind witzig; atemlos stürzen sie auf den Leser nieder; viele Bildungen sind dabei typisch quevedesk, etwa »nariz sayón y escriba«, »Ovidio Nasón más narizado«, »las doce tribus de narices era«. Die Reihenfolge einzelnen Bilder ist dabei unwichtig; von vielen Sonetten Quevedos gibt es, wie schon gesagt, mehrere Fassungen, so, als habe der Dichter die wirkungsvollste Form gesucht. Das ist das eine.

Anderes aber scheint nicht recht gelungen. Dreimal wird auf die Juden angespielt, das ist nicht mehr witzig, die letzte Wiederholung (»nariz tan fiera«) ist zugleich die schwächste: und sie steht am Ende des Gedichtes. Und die Aufzählung wäre überhaupt nur erträglich, wenn man sich eine Steigerung von der ersten bis zur letzten Zeile erwarten könnte. Der Höhepunkt liegt aber in der ersten Zeile des zweiten Terzetts: »érase un naricísimo infinito«. Von da an fällt das Sonett deutlich ab.

Quevedo muß das empfunden haben; es gibt mehrere Versionen der Terzette, in denen er den Leser halb totschlägt mit witzigen unübersetzbaren Wendungen. Aber das alles ändert nichts an der Tatsache, daß der Höhepunkt bereits erreicht ist, und diese Höhe nur einigermaßen gehalten werden kann, weil die Sprachlust Quevedos hier ihre unglaublichsten Purzelbäume schlägt.

Der Übersetzer wird gut daran tun, das klassische Sonett mit den Quartetten abba, abba, das sich im Deutschen nie durchgesetzt hat (trotz Goethe, Platen oder Weinheber), nicht sklavisch nachzuahmen; er kommt sonst zu abenteuerlichen Reimen; in das Deutsche fließt Frostigkeit ein, die den Originalen nicht eigentümlich ist. Shakespeare, oder Rilke in den »Sonetten an Orpheus«, haben es sich bequemer gemacht, im deutlichen Gefühl, daß es sinnlos sein möchte, sich im Englischen oder im Deutschen an die in romanischen Sprachen so leicht durchführbare Form zu halten.

Der Übersetzer wird aber auch hier auf die Reihenfolge der Bilder verzichten. In welcher Zeile Ovidius Naso, der nur durch seinen Namen ins Sonett gerät, vorkommt, ist nicht so entscheidend. Ob von einer Pyramide in Ägypten oder vom Turm in Babel die Rede ist, das ist zweitrangig. Die dritte Zeile wurde überhaupt weggelassen: nicht nur, weil es dadurch zu unnötigen Wiederholungen kommt – die »nariz sayón y escriba«, die im Spanischen so witzig ist (sayón ist der Häscher, der Schnüffler, escriba der Schriftgelehrte und Pharisäer) verliert im Deutschen die Wirkung, denn im Original werden zwei Substantive wie Adjektive behandelt. Schade um die »alquitara pensativa«, den nachdenklichen Destillierkolben. Immerhin glaubt der Übersetzer, doch einigermaßen an Quevedo geblieben zu sein, ohne ihm allzuviel von seiner Wirkung zu nehmen.

Grossmann, der bedeutende Hispanist, hat sich an das verzweifelte Unternehmen gemacht, das Sonett in seiner klassischen Form wiederzugeben und dabei auch die Reihenfolge der Gedanken zu bewahren, und er geht damit einigermaßen den von A.W. Schlegel eingeschlagenen Weg:

Es war ein Mann, an einer Nase pendelnd,
die höchste Steigerung der Nasen war es,
der Urtyp eines Nasenexemplares,
ein Schwertfisch war's, sich um ein Barthaar bändelnd.

Wie eine Sonnenuhr, die Wand verschändelnd,
ein Destillierglas war's, ein tropfend klares,
ein Elefantenrüssel von Benares,
Ovidius Naso, nasenhafter endelnd.

Es war der Rammsporn einer Kriegsgaleere,
war eine Pyramide in Oasen,
war Pharao im Roten Nasenmeere.

Es war die allernaseste der Nasen,
ein Riesennasending von solcher Schwere,
es brächte den Anas sogar zum Rasen.

Man sieht: die Form ist gewahrt, der Inhalt stark verändert, die Wirkung fraglich. Der Mann hängt oder klebt an einer Nase, er pendelt nicht an ihr. Der Schwertfisch wiederum »bändelt« sich nicht um ein Barthaar, er ist bärtig. Der Reim »pendelnd-bändelnd« ist nicht sehr geschickt. Die Sonnenuhr sitzt schlecht im Gesicht (mal, nach anderen Manuskripten muy), sie verschändelt nicht die Wand. Ein Reim zerrt den anderen nach sich: es folgt noch »endelnd«. Durch den Reim »war es« kommt »ein tropfend klares« Destillierglas und der »Elefantenrüssel von Benares« ins Gedicht, über den Quevedo sich wahrscheinlich am meisten gewundert hätte. Die Pyramide steht in Oasen; Quevedo sagt: »Es war eine Pyramide in Ägypten«. Der nächste Vers heißt: »Sie war die Zwölf Stämme der Nasen«. Daraus wird: »war Pharao im Roten Nasenmeere«. Die zwölf Nasenstämme kann man noch als Nasenmeere verstehen, auch das Rote Meer liegt nahe – doch was tut der Pharao hier? Der ging doch unter mit Mann und Maus? Und dann folgt noch eine sehr hübsche Bildung:

die »allernaseste der Nasen«. (Den Vers »érase una nariz sayón y escriba« hat Grossmann wie ich ausgelassen.)

Aber ich möchte diese Bemerkungen nicht als Kritik aufgefaßt wissen. Grossmann hat sich entschlossen, die klassische Form und auch die Gedankenfolge genau zu beachten; und das ist dann das Ergebnis: Reimzwang, ja Reimnot bringen unfreiwillig komische Effekte hervor. Ich habe diese Übersetzung auch nicht hier eingerückt, damit der Leser zwischen dieser Version und meiner entscheiden könne, auch nicht nur, um zu zeigen, wie ein Original bei verschiedenen Übersetzern auf verschiedene Weise wirkt; sondern vielmehr, um ihm wieder einmal vor Augen zu führen, daß er dem Übersetzer ausgeliefert ist – was der sehr verehrte (oder verkehrte, wie Quevedo sagen würde) Leser immer wieder vergißt.

Für jedes Gedicht waren ähnliche Überlegungen anzustellen. Der Übersetzer hat, das darf er versichern, es sich nicht leicht gemacht, dem Autor und dem Leser gerecht zu werden, Form, Inhalt und Wirkung einigermaßen zu wahren, und der Leser möge nun entscheiden, wie weit das geglückt ist.

Die Gedichtüberschriften wurden sehr frei übersetzt; sie stammen sicher nicht von Quevedo, sondern von seinen ersten Herausgebern.

Stellen, die vom Text des Originals abgehen, sind in den Anmerkungen erläutert.

QUEVEDO
1580 -1645

ANMERKUNGEN

Seite 9 Der Zeitgenosse Quevedos Weckherlin (1584–1633):
»Für eines Hündleins grab
Weil ich mit dem gebell allzeit abtrib den dieb
Und mit stillschweigen half der Frawen gaile lieb,
Gefiel mein dienst so wol dem Herren und der Frawen
Daß nu so künstlich hie mein Grabstein anzuschawen.«
Paul Fleming (1609–1640):
»Grabschrift eines Hundes
Die Diebe fuhr ich an / die Buhler ließ ich ein /
So kundten Herr und Frau mit mir zufrieden seyn.«

Seite 11 »ein großer Säufer vor dem Herrn«, im Original: »großer Totengräber von Fliegen in Massen« – weil Fliegen wie Mücken in den Wein fallen.
Die Mitgift im Original: ein Handschuh, zwei Haarzöpfe, drei Redensarten, sechs Pfund Sirup, drei Töchter, eine Schwieger, zwei Freunde.

Seite 19 »Ich sah mich wieder mit dem Tode leben ...«, der so oft bei Petrarca benützte Kontrast, ähnlich S. 87: »im Eise glüh', im Brande friere ich.«

Seite 39 »Wir alle bescheren«: das Allerweltsverb poner heißt setzen, legen u. a.

Seite 45 vgl. Martial II, 83; III, 85

Seite 49 »Die Casula trug er«, im Original: »La sotana traía por sota« (sota, der Bube im Kartenspiel).
»Die Gauner reden nicht Rotwelsch mehr ...« – im Original: »Nachdem er zyklopisch schrieb (Anspie-

lung auf Góngoras großes Gedicht »Polifemo«) heißt man Rotwelsch nur noch Góngorawelsch.«

Seite 53 Antwort Quevedos auf das beißende Sonett Góngoras »Anacreonte español«. Gongorilla, die pejorative Verkleinerungsform für Góngora.

Seite 57 »harte Fesseln«: der aus der Gefangenschaft Befreite hing die Ketten an den Wänden seiner Kirche (hier der Freiheit) auf.

Seite 61 Martial VI, 31:
»Charidem, du weißt es und läßt deine Frau mit dem Arzte
Trotzdem liebeln? Du willst, daß ohne Fieber du stirbst.«

Seite 65 »Er wurde Sack« – Wortspiel Geldsack – Hodensack. »Nur eine Kupplerin ...«, im Original: »Die List war von irgendeiner Sternen-Dueña, denn von einem Stern ohne Dueña leite ich das nicht ab.« Wortspiel estrella – Stern, Glück. Die Dueñas waren Aufpasserinnen für junge Mädchen, häufig auch Kupplerinnen.

Seite 78 Motril, Hafen zwischen Málaga und Almería, bekannt durch sein Zuckerrohr. Wörtlich also: »Bist du ein Zuckerhut, stecke ich dich nach M.«

Seite 79 »bist du als Trichter«, wörtlich: »nenne dich Doña Embudo«. Wortspiel »embudo«: Trichter/Trug.

Seite 81 »Federn«, plumas: Schreibfedern (Schriftsteller) wie Federn als Strafe für Kupplerinnen, Hexen etc. Vgl. »teeren und federn«.

Seite 87 Prokne, Tochter Pandions, in eine Nachtigall verwandelt.

Seite 89 »das Buch läßt sie uns länger nicht vermissen«, im Original: »... libra, oh gran don Josef! docta la emprenta«. Anrede an den Freund und Buchdrucker Joseph González de Salas.

Seite 95 »der Blitz, der sich in Mazedonien ballte«, s. Logau:
»Alexander hiesse Gross:
War ein grosser Erden-Kloß.«

Seite 97 vgl. Martial III, 26

Seite 101 vgl. Martial VI, 67:
»Fragst du, warum deine Caelia nur Eunuchen zum Dienst hat,
Pannychus? Caelia wünscht Lust für sich, aber kein Kind.« (Ü. Rudolf Helm)

Seite 107 vgl. Martial I, 34

Seite 111 »Witwenzimmer«, sala de viuda. Oder sollte es vielmehr heißen: saia de viuda, Witwenkleid?
»La mula ... tumba enfrenada«: Das Maultier, gezügeltes Grab, das gab nichts her. Die Ärzte ritten auf Maultieren.

INHALT

Lyrik des 20. Jahrhunderts in zweisprachigen Ausgaben bei Klett-Cotta

Rafael Alberti
Über die Engel
Spanisch und deutsch.
Übertragung und Nachwort von Fritz Vogelgsang.
205 Seiten
ISBN 3-12-900231-6

Rafael Alberti
Ich war ein Dummkopf, und was ich gesehen habe, hat mich zu zwei Dummköpfen gemacht
Sermone und Seelenräume
Mit den Schuhen an den Füßen muß ich sterben
Spanisch und deutsch.
Übertragung und Nachwort von Fritz Vogelgsang.
163 Seiten
ISBN 3-608-95074-5

Vicente Aleixandre
Die Zerstörung oder die Liebe
Spanisch und deutsch.
Übertragung und Nachwort von Fritz Vogelgsang.
205 Seiten
ISBN 3-12-900141-7

Yves Bonnefoy
Im Trug der Schwelle
Französisch und deutsch.
Übertragung und Nachwort von Friedhelm Kemp.
159 Seiten
ISBN 3-608-95068-0

Jorge Carrera Andrade
Poemas. Gedichte
Spanisch und deutsch.
Übertragung und Nachwort von Fritz Vogelgsang.
222 Seiten
ISBN 3-12-900191-3

Seamus Heaney
Ausgewählte Gedichte
Selected Poems 1965–1975
Übertragung und Nachwort von Henriette Beese.
255 Seiten
ISBN 3-608-95156-3

Philippe Jaccottet
Gedichte
Französisch und deutsch.
Übertragung und Nachwort von Friedhelm Kemp.
191 Seiten
ISBN 3-608-95178-4

Juan Ramón Jiménez
Stein und Himmel
Piedra y cielo
Spanisch und deutsch.
Übertragung von Fritz Vogelgsang.
249 Seiten
ISBN 3-12-903910-4

Robert Lowell
Gedichte
Englisch und deutsch.
Auswahl, Übertragung und Nachwort von Manfred Pfisterer.
211 Seiten
ISBN 3-608-95099-0

Wallace Stevens
Der Planet auf dem Tisch
Gedichte und Adagia
Englisch und deutsch.
Auswahl, Übertragung und Nachwort von Kurt H. Hansen.
233 Seiten
ISBN 3-608-95103-2

Alle Bände sind als Pappband gebunden und haben einen Schutzumschlag.